爱美丽和午夜太阳之地

[英]丽兹·凯斯勒（LIZ KESSLER）著

石岑 译

清华大学出版社
北京

北京市版权局著作权合同登记号　图字：01-2017-7957

Liz Kessler
Emily Windsnap and the Land of the Midnight Sun
ISBN:978-1-4440-1513-3
Copyright © 2012 by Liz Kessler.

This edition arranged with ORION CHILDREN'S BOOKS LTD (Hachette Children's Group Hodder & Stoughton Limited) through BIG APPLE AGENCY, LABUAN, MALAYSIA. Simplified Chinese edition copyright: 2020 Tsinghua University Press Limited. All rights reserved.

本书封面贴有清华大学出版社防伪标签，无标签者不得销售。

版权所有，侵权必究。举报：010-62782989，beiqinquan@tup.tsinghua.edu.cn。

图书在版编目(CIP)数据

爱美丽和午夜太阳之地 /（英）丽兹·凯斯勒(Liz Kessler) 著；石岑译. —北京：清华大学出版社，2020.8
书名原文：Emily Windsnap and the Land of the Midnight Sun
ISBN 978-7-302-55347-2

Ⅰ. ①爱… Ⅱ. ①丽… ②石… Ⅲ. ①儿童小说－长篇小说－英国－现代 Ⅳ. ①I561.84

中国版本图书馆CIP数据核字(2020)第064048号

责任编辑：张立红
封面设计：梁　洁　周东辉　吴东颖
版式设计：方加青
责任校对：郭熙凤
责任印制：沈　露

出版发行：清华大学出版社
　　　　　网　　　址：http://www.tup.com.cn，http://www.wqbook.com
　　　　　地　　　址：北京清华大学学研大厦A座　邮　编：100084
　　　　　社 总 机：010-62770175　　　　　　　　邮　购：010-62786544
　　　　　投稿与读者服务：010-62776969，c-service@tup.tsinghua.edu.cn
　　　　　质 量 反 馈：010-62772015，zhiliang@tup.tsinghua.edu.cn
印 装 者：三河市吉祥印务有限公司
经　　销：全国新华书店
开　　本：148mm×210mm　　印　张：7.625　字　数：146千字
版　　次：2020年10月第1版　　印　次：2020年10月第1次印刷
定　　价：39.80元

产品编号：073893-01

书　评

这绝对是一次引人注目的亮相，如沐清新的海风，让人精神一振。

——阿曼达·克雷格

本书以耳目一新的风格，描绘了引人入胜的奇幻王国。

——《出版新闻》

作者把奇妙的人鱼描绘得栩栩如生，从人鱼美丽的尾巴，到闪闪发光、富有魔力的珊瑚礁，一切都显得既新奇，又真实。

——《学院图书馆期刊》

这是一本极好的儿童读物……女孩们绝对会爱上这本书……书中不只有刺激的冒险和奇思妙想，还贯穿着对家庭和友情的深思……

——《水磨石图书季刊》

这本书读起来轻松有趣又刺激……内容丰富，描写生动，在儿童读物中独树一帜，用文字构建了一个神秘而广阔的水世界。

——《收藏家》

山之王将归来，
我曾死去，也曾迷失自己，
我曾变作岩石和沙砾。

我曾是冰，也曾是火，
我曾拥有一切，拥有一些，到一无所有。

我曾经孤身一人，也曾离去，
我曾被遗弃，任由海草覆盖并腐烂。

我正在融化，呼吸，复活。
我就是你曾经遗忘的秘密。

我是陆地，是海洋，是群山，
我是你所恐惧和缺乏的象征。

你试图冻住山眼，
兄弟，看吧，你失败了，我回来了。

涅尔德

目 录

第一章　男朋友亚伦　/ 1
第二章　被塞进渔网的爱美丽　/ 10
第三章　神秘的任务　/ 19
第四章　尼普顿的噩梦　/ 29
第五章　冰川之旅　/ 42
第六章　蓝色的湖　/ 60
第七章　记忆气泡　/ 81
第八章　午夜太阳之地　/ 94
第九章　三颗魔法水晶　/ 105
第十章　完美的冰雕　/ 114
第十一章　肖娜带来的消息　/ 123
第十二章　涅尔德　/ 135
第十三章　独角鲸　/ 148
第十四章　被抢走的水晶　/ 163
第十五章　尼普顿与涅尔德　/ 175
第十六章　阿奇的秘密　/ 189
第十七章　阴谋陷阱　/ 199
第十八章　紧张的派对　/ 216
第十九章　最后的决战　/ 226

第一章

男朋友亚伦

"现在插播一条强风暴天气预报。今天早上一股强风暴正在侵袭沿海许多地区,当局强烈建议居住在这些地区的居民如果没有特殊原因,尽量不要外出。昨天的暴风雨已经造成部分沿海公路被淹没并关闭,道路开通信息另行通知。"

妈妈关掉电视,起身把水壶放下。"这个季节来风暴,天气真是越来越反常了。"她说,"现在是盛夏!我们本应该到室外享受日光浴,而不是裹在雨衣里,举着雨伞狂奔。"

妈妈最好的朋友米莉拼命地点着头,随手把雨伞收好,倒立在垃圾桶里。"这一周已经是第三次了,"她说,"我并不在意下雨，只是不喜欢刮这么大的风。大风真是我的噩梦，海浪不停地拍打码头，我根本没办法通过冥想看清我想到的东西。"

冥想和想象是她最近的新课程，她这会儿是从"国王号"那儿过来的。她住的船和我们住的船都停靠在布莱特港码头。"国王号"是我们的旧船，不过当我和妈妈爸爸团聚后，我们就搬到了新船"幸运号"上。我的妈妈是人类，爸爸是人鱼。我们的船"幸运号"是经过特别改装的，这样船上就可以住人，船下就是水。我是半人鱼，在陆地上我是人类；一旦进入水中，我就是人鱼了！这意味着我既可以住在水中，也可以住在陆地上。

米莉每周参加三次冥想和想象小组的活动，自从她拥有所谓的"开天眼"功能之后，她就宣称可以随意切换这种状态。

"开天眼"绝对是最具米莉特色的事，她并不在乎没人理解这样的事情。

"我不明白这有什么可大惊小怪的。大风只刮了半个小时，现在的天空多美啊！"我瞥了一眼窗外，说，"看，现在外面多干净清爽啊！"

米莉和妈妈交换了一个会意的眼神。

"什么意思？"我问道。

妈妈拿出几只马克杯，把茶包放进杯子。"好吧，你总能看到事情好的一面，对此我一点都不感到惊讶！"她说着，嘴角浮出一丝微笑。

"你到底是什么意思？"

"她的意思是说，我们中的某个人自从有了男朋友，看什么都觉得很有趣！"米莉说。她大笑着起身离开了沙发。"开玩笑的，小可爱，不要担心。"她朝厨房走去，走过我身边时捏了捏我的脸颊。"玛丽，给我来杯格雷伯爵。"她边说边走向厨房，去给妈妈帮忙。

"随便你们怎么说吧！"我说着就转身离开了她们俩，这样她们就看不到我的脸颊通红——或者我脸上难以掩饰的微笑。

她们说得没错，因为我也发现此刻的我，很难看到任何事情的不好。所以对我而言，下雨，谁在乎呢？我的世界充满了阳光！

没错，这一切都是因为亚伦——我的男朋友。

"男朋友"我仍然觉得这样称呼他很别扭，要让我大声说出来真的很困难。其实我在心里已经无数次这样称呼他了，而且我很喜欢这个称呼。

当，当当，当当当！一阵敲门声打断了我的思绪。敲门声正是我们约定的暗号，我的脸颊立刻红了，妈妈赶在我前面走到了门口。"你好啊，亚伦！"她笑着说，"我们正在谈论你呢！"

亚伦瞥了妈妈一眼，又偷偷地与我对视。"是吗？"他害羞地问。

我从妈妈身边挤了出去。"一会儿见！"我一边说，一边吻了吻她的脸颊。

"出门小心点！"她警告说。

"没事的，你看，暴风雨已经停了。我说过暴风雨不会持续很长时间的。"我沿着码头走了下去，亚伦跟在我身后。

"跟你的男朋友玩得开心点！"米莉揶揄的声音从船舱里传了出来。

我偷偷看了一眼亚伦，讪讪地说："别听她们的。"

他笑了，说道："我不介意，只要你不介意就行。"

我低下头，不好意思看他的眼睛。"我也不介意。"我一边把目光转向码头上的木板，一边嘴里嘟囔着。

亚伦没再说什么，只是向我伸出了手。我也默默地把手放在他的手中。瞬间，我觉得自己的身体就像触电了一样，一阵麻麻热热的感觉传遍了全身，从来没有人牵我的手给我这样的感觉，就好像有人在挠我所有的神经末梢，让我忍不住想跳起来，放声大笑。

我和亚伦是今年才认识的，他和他妈妈过去住在海上的一座城堡里，他们是最近才搬到布莱特港的。我们这里最近举办了一场很棒的音乐会，那天晚上他吻了我。从那一刻起，我就有了这种触电的感觉。

当然，我从来没有告诉过他，唯一知道这个秘密的人是我最好的朋友肖娜。

"你恋爱了！"当我告诉她亚伦的事情后，她高兴得尖叫了起来！

肖娜是美人鱼里最传统、最聪慧的一位，对于人鱼来说，浪漫的爱情比什么都重要。

"这也太荒谬了！"我当时就说，"我还这么小，根本就不知道什么是爱，甚至都不知道爱意味着什么！"我跟她一样，快十三岁了，已经到了开始思考爱情这类事的年龄了。

我觉得自己对"爱"这个词很迷茫，但我知道，没有什么比跟亚伦在一起更让我开心！最近我也发现这意味着我不能像往常一样经常见到肖娜了，有时这会让我感到有点痛苦。

我不知道肖娜是否厌倦做旁听者，或者是她有些厌倦我总是跟她谈论亚伦，也许她有些嫉妒，因为我说亚伦的事时她总是打断。每当我试图谈论亚伦，她就会转换话题，或者干脆游走，去做别的事。

说实话，我很想跟她一起出去玩。但现在唯一的麻烦就是我更喜欢跟亚伦一起出去玩。

我们走在码头上，亚伦问我："你想去哪里玩？"

我其实真的很想再去曼迪家的游乐场坐"幽灵火车"，这样我们就又可以在黑暗中挨在一起，手拉着手了。那天晚上我们一起去玩，尽管这是世界上最温和的游乐项目之一，但我还是假装害怕，依偎在亚伦怀里。那种感觉真好，我恨不得就这样一直玩下去。不幸的是，从那以后我就再也没找到借口依偎着他了。

这一周从星期一开始我就没再见过肖娜，现在已经是星期五了。

"我们去西普罗克好吗?"我建议。肖娜就住在西普罗克附近海底的人鱼小镇里。

"好啊!"亚伦答应了,于是我们沿着海滩走到了水边。

亚伦一下子就跃入水中,我则紧张地环顾四周。

"没关系,"他说,"快来吧!"然后他转过身去溅起一片水花,向着海里游去。

我至今仍然不习惯,那就是我们不必再隐瞒自己的身份了。直到去年我才发现,当我进入水中的时候,我就会变成美人鱼——这是个秘密。尼普顿,就是掌管海洋的神,曾经对这些事情管得非常严格。多年来,他一直把人类和人鱼分开,用失忆药让人类忘记曾经见到过人鱼。他甚至制定法律,规定人类和人鱼不能通婚。我爸爸就曾经因为和我妈妈结婚而被送进了监狱!

但是最近这一切都变了。尼普顿下令,允许人鱼可以和人类重新生活在一起。而且他停止使用失忆药,至少在布莱特港是这样的。所以每个人都知道人鱼,我们也没有必要再隐瞒了。

即便如此,一想到有人会看到我的尾巴,我还是觉得那种感觉怪怪的。

"你在等什么?"亚伦冲我喊道。他的尾巴在明媚的阳光下闪烁着银色的光芒。接着他潜入水中,尾巴在海水中摆动。清晨的暴风雨结束后,明媚的阳光就这样照在我们身上。

亚伦和我一样是半人鱼，他在海里轻松地游来游去的样子，让我一下子就意识到我是多么喜欢在海里的感觉。我放下顾虑，向着大海和亚伦游去。

几秒钟后，我感觉到我的身体开始发生了变化。先是我的脚趾尖传来一阵熟悉的刺痛；接着就是我的腿，一阵麻木；最后，我的腿完全消失了。我的衣服也不见了，我的尾巴取代了腿。我舒展地摆动着自己的尾巴，在水中转了几个圈，朝着亚伦游去。

我们肩并肩地游着，我心中暗自开心，我这辈子从来没有像现在这么开心过。

肖娜的妈妈此时正在她家的岩石洞穴门口徘徊，看到我们，她歉意地笑了。"真抱歉，爱美丽，肖娜刚才和她的几个同学出去了。"

"没事，"我说，"我们去找她。"

她转身回去了。我和亚伦沿着隧道向深海游去。一群银鱼排成一排跟着我们，它们就在我身下游着，蹭着我的肚皮，痒痒的。

"现在怎么办？"亚伦问。

一想到肖娜和其他朋友一起去玩，我就有点妒忌——其实，我根本没有权利妒忌她，我才是那个一直抛弃她而和亚伦在一起的人。如果她选择和其他的朋友一起出去玩，我真的不能抱怨。因为真正的朋友，是不应该为了男朋友抛弃她的。

"我知道她可能会在哪里。"我们离开人鱼小镇，游回大海时，海水变得越来越冷了。我们经过时，身旁的鱼儿偷偷地瞥了我们一眼。

"快看！"亚伦笑着说，这时有两条鱼向我们游了过来。其中一条鱼看起来又肥又黄，脸上布满了紫色的斑点，看起来就像一个胖太太弄脏了她的口红；另一条鱼全身布满了黑白相间的条纹，配上它细长的身体，优雅地在黄鱼身边游来游去，像个听话的管家。

我们游过岩石拼成的几个拱门，一路往下游，径直来到一片长满了褐色海草的"地毯"，海草随着潮水懒洋洋地摆动着。

"这是什么地方？"当我们游过海草"地毯"，来到一片覆盖着渔网、旧自行车和油桶的沙地时，亚伦问道。

"这是我们的游乐场。"我说着，带头游过一大截管子，示意他跟着我。

我们游到管子的尽头，四下张望，肖娜并不在那里。我感到有些失望，同时又有种如释重负的感觉。因为，她并没有跟其他朋友一起分享我们俩的专属游乐场。当然，这也意味着我可以和亚伦继续单独在一起了。

"嘿，看看这个！"他一边说，一边游向游乐场另一端的一块黑布。我以前没见过这个，于是就朝它游去。"那是什么？"

"我觉得它就像一张帆。"

"一张黑帆？"

亚伦咧嘴笑了："那一定是海盗船上的帆！咱们过去看看。"

他嘴角微微上扬，望着我，我的心就像是银鱼正在拍打鳍一样——一阵狂跳。也许那个黑色的区域是我和亚伦相互依偎的绝佳场所！

我朝着海底的黑帆游去，沙子散落在我周围，黑帆也随着潮水扬了起来。我继续向前游，突然传来亚伦让我停下来的呼喊声。

我转过身去，他并不在那里。

"亚伦？"

没有人回答。

"亚伦？"我叫得更大声了，"你没事吧？"

还是没人回答。

我开始游回帆边。突然，我的尾巴被什么东西钩住了。一片海藻？我转过身去想看看到底是什么。就在我转身的时候，海藻拽得更紧了。我的尾巴完全卡住了。转眼间，有什么东西箍住了我的腰。

然后整个世界就变黑了……

第二章

被塞进渔网的爱美丽

"亚伦放开我。"我笑着说。这是他开玩笑的惯用方式——假装他没有跟上我,然后藏起来,再蒙住我的眼睛。接下来,他就会突然跳出来说:"猜猜我是谁?"——这还用猜吗?

但是这一次他什么也没说。

"好吧,亚伦,我知道是你!"我笑着伸出双手,想把蒙在我眼睛上的手拉下来。就在那一刻,我的笑容凝固了。

那根本不是亚伦的手!

蒙住我眼睛的那双手又大又冷,还湿乎乎的。

"谁——你是谁?"我结结巴巴地说。

这人用一只手捂住了我的双眼，另一只手捂住了我的嘴。

我不但没法说话，几乎都无法呼吸了。我的心跳得飞快，感觉就像正在超速行驶的摩托艇的引擎。这到底是怎么回事？亚伦怎么还没发现事情不对头？他怎么还没来找我？

我想去咬捂住我嘴的那只手，可是这只手捂得太紧了，我都张不开嘴，根本没法咬。我努力想把我的尾巴从海藻里抽出来，这时我才意识到，那根本不是海藻，而是一张网。

接着，我就听到一个急促、粗鲁、瓮声瓮气的声音。

"把她的尾巴绑起来！"那个声音说，"这尾巴像鳗鱼一样滑。"

他们把我的尾巴绑了起来，那种感觉就好像它被折叠了起来。他们还在我的眼睛和嘴巴上缠上了厚厚的芦苇叶子。我什么也看不到，被困在了网里。

"好了，我们走吧，"粗暴的声音说，"现在就走！"

我不知道我会被带到哪里。我感觉，这段旅程似乎永无止境，海水就像那双抓住并捆绑我的手一样冰冷。

"现在怎么办？"不知过了多久，一个声音问道。这不是那个粗暴的声音了，这个声音更高、更流畅。是金德吗？不可能，那只是我一厢情愿的想法。

"我们都是按之前计划做的。"那个粗鲁的声音说，"咱们收到下一步行动指示之前，就让她留在这里。其他人也待在这里。"

其他人？

"好吧。"

"你抓住她，我把她解开。"

"好的。"

接着抓着我的那双手放开了，另一个人紧紧地抓住了我。他们使劲地压住我，力气那么大，感觉就好像他们要把我压碎。

片刻之后，粗暴的声音又回来了。"糟糕，我们被盯上了。快把她从网里弄出来。"

"让她出来？"

"她哪儿也不能去，老板让我们不要对她太粗暴。我们不能让老板发现她是被蒙着眼睛塞进渔网里抓来的，对吧？"

"你说得对，你确定这个门安全吗？"

"它紧得就像咬住猎物的鲨鱼嘴。快过来！咱们把她从那个网里弄出来吧。"

他们解开渔网，把缠在我嘴和眼睛上的芦苇解开时，我拼命挣扎。我嘴上的芦苇被解开的那一秒，我就开始拼命地叫喊。

"啊——放开我——你们这些禽兽！"我高喊着。

其中一个人用手捂住了我的嘴。我一口咬住他的手指。

"笨蛋龙虾！"他一边大叫，一边从我身边跳开。我们互相上下打量着对方。粗暴的声音来自一条看起来粗鲁的人鱼。他体型庞大——从头到尾至少有七英尺[①]长，又长又尖的灰色尾巴

---

① 1英尺=0.3048米。

看起来脏兮兮的，油腻的黑头发扎成一条马尾辫，灰色的眼睛直盯着我的眼睛，就像是在打量一个精心收集来的、铁器时代的工具，他的耳朵、眼睑、下巴和上唇都向下垂。

我确定我不是想故意丑化他。

"你想怎么叫就怎么叫吧！"他咆哮着，"没人会听到你的叫声！我们已经走了很长一段路，而且这周围数英里[②]根本就没有人。"

我的尖叫声没有收到任何回应。周围一个人都没有，除了各式各样的海藻轻柔地随着波浪摇摆以及数百条银色小鱼组成的鱼群。它们向我冲过来，然后又突然冲向海面，像在阳光下闪烁着寒光的刀一样。

"我们这是在哪里？"

他没有回答。

我又瞥了一眼另一条人鱼：他更瘦，更年轻一些，可能比粗鲁的人鱼矮一英尺。同时，他也看了我一眼。我不确定那眼神代表仇恨、威胁，还是愤怒。

不，看起来什么都不是。因为，那眼神里还混合着其他情感。如果不是他们把我从游乐场抓来，还把我锁在水下牢房里，我会说他们看起来更紧张，好像还不确定该如何对付我。不，不可能。那又会是什么呢？

"你们到底想干什么？"我问道。

[②] 1英里=1609.34米。

"粗鲁声音"根本不理我,他正在揉被我咬伤的手指。

"对不起哦!"我说道。

等等!这些家伙用渔网绑架我,还蒙住我的眼睛、堵住我的嘴,把我拖到这个隐蔽的洞穴里。我还在向他们道歉?

"你们想把我怎么样?"我气愤地重复道,"为什么把我抓到这里?你们到底是谁?"

瘦人鱼刚想回答我,但"粗鲁声音"举起了那只没被我咬的手制止了他。"不许回答她。"他说。

"但是,奥塔——"另一条人鱼开口了。"粗鲁声音"——奥塔摇了摇头。"但是什么?卡伊,我们接到了命令,没有解释,没有说明,什么都没有。不是吗?"

卡伊点了点头:"知道了。"他小声嘀咕了一句。

然后他们都沉默不语了。我这才开始环顾洞穴的周围,发现它非常宏大、壮观。洞顶参差交错的岩石之间似乎有朦胧的荧光闪烁。

我沿着墙壁游动,一边游一边查看是什么在发光。原来岩石之间都是水晶。我不知道如何区分天然水晶和具有异国情调的珠宝。我所知道的是,我被关押的地方并不是牢房。因为,我从牢房里救出爸爸时,我见过水下监狱的牢房,这里肯定不是牢房!

一条黑色的光滑的鱼从我身边孤独地游过,它看起来就像一个赶去参加会议的商人,从我身边快速地滑过。又有一条长长的银色鳗鱼,像剑一样划开了我面前的海水。

我朝门口游了过去，这是一扇巨大的实心橡木门，门上用螺栓固定了好多金属条，还锁着我见过的最大的挂锁。

　　突然，我听到洞穴的另一端传来了声音。洞穴外面有人打了起来，传来了哗哗的水声！这是怎么回事？是一大群鱼冲进来了，还是涨潮的潮水袭来了，或者是有人来救我离开这里？我拼尽全力使劲撞门。撞门并不难，我不知道你们是否曾经尝试过。但事实证明，在半英里深的海下，你用拳头猛击这么坚固的橡木门是完全没有意义的。我所做的这一切得到的结果就是双手都砸伤了，也只是发出了"嗡嗡"的声音。

　　"救命啊！"我高声喊道，"我被人绑架了！快来救我啊！"

　　那两条人鱼瞬间出现在我身边。"不要浪费你的时间了。"奥塔说。

　　"那就是一条大鱼。"卡伊补充说，"好像是条鲨鱼什么的，在这个海域，我们会碰到各种各样的东西。"

　　听他这样说，我感觉好多了。

　　"别胡说八道，你这条愚蠢的海虫子！"奥塔厉声说道，边伸手去拿钥匙，"把他给我弄进来，快给我让路！"

　　过了一会儿，他打开了门，又有几条人鱼抬着一个大大的包裹进来了。这也是一个被渔网捆绑着的、扭动的包裹。我正在想他们给我带来的是什么，突然，包裹里发出声响。

　　"放我出去啊！"等等！

　　它是……他是……

亚伦!

"快把他放出来!"我比刚才更加愤怒地喊道,"现在就把他放出来!"

"我们抓住你的'比目鱼'了,我这就让他出来!"奥塔厉声说着,随手从腰间拔出了一把长刀,飞快地在包裹亚伦的渔网上割了几刀,渔网散开了。

卡伊解开了亚伦的眼罩和堵嘴。亚伦不停地眨着眼睛来适应周围的环境,他有些喘不过气来。等他一看到我,就游到我的身旁,把我搂在怀里。

"爱美丽,"他喘息着说,"我就在你身后,还没看清楚发生了什么就被他们……"

当他看到抓他进来的人鱼时,他放低了声音:"就是这些海虫子抓住了我。"

"你没事吧?"我问道。

他点了点头:"你呢?你受伤了吗?如果他们敢伤害你,我就……"

"我没事!"我加了一句,"至少现在没事!"考虑到现在这种情况,我还是尽可能保持笑容。

亚伦也冲我笑了笑,把我拉到了他身边。只要和他在一起,事情似乎就没有那么糟糕。

"你们这对儿相亲相爱的小情侣,还真是甜蜜、感人啊!"

奥塔的声音破坏了我们的气氛。"我们还有活儿要干。"他冲着把亚伦抓进来的人鱼说，"你们可以把他们俩留给我们，我们会看着他们的。"

"你确定吗？"

"确定。"他游回到那两个人身后的门口。当他再次从脖子上取下钥匙时，亚伦瞥了我一眼，冲我使了个眼色。

我知道他在想什么，我也在想同样的事情。这可能是我们逃走的机会！我们俩趁着他们谈话的时机游到门口。

奥塔把钥匙插进锁眼里，转动钥匙打开了门。

"跑！"亚伦在我耳边说道，我立刻朝着门的方向冲去。

"不许跑！"卡伊一把抓住了我的尾巴，都快把我的鳞拽下来了。半分钟后，我又回到了房间里，大门在我的身后紧紧地关上了。

奥塔再次把门锁好，然后把钥匙挂回脖子上。他拍了一下卡伊，说道："别以为他看起来挺蠢，就真的以为他蠢！"

"你说得对。"卡伊一边挠了挠头一边看着奥塔说。"嗨，你什么意思？"他突然意识到奥塔在说什么。

奥塔轻蔑地瞟了卡伊一眼。"你们必须得有点耐心，"他阴森地笑着对我们说，"我相信你们不会在这儿待太久的。"

我游回到亚伦身旁。他正在检查墙上那些发光的水晶。"看看这些水晶，"他说，"看起来真漂亮。"

"就像珠宝一样。"我说着，游得更近了一点。亚伦也跟着靠近我一些。"我们会没事的,相信我。"他说,"我们会有办法的。"

奇怪的是,每当他像这样对我微笑时,我就会相信他所说的一切。

"你说得对。"我说,"我相信一切都会,除非——"

我的话说了一半,一阵汹涌的波浪冲了过来,猛地把我们四个人一起卷到了天花板上,然后又把我们甩到了对面的墙上。

奥塔是第一个恢复过来的。他很快游了回来,一只手抚摸着自己的尾巴,在卡伊的胸前捶了一下说:"机灵点儿,老板来了。"

我根本不想知道他们的老板会是什么样子,两个家伙看起来就够差的了,老板不知道有多糟糕!

没过多久,门外传来三声重重的敲门声,奥塔几乎是飞奔过去的,他打开了门上的挂锁,将门闩拉开,向后退。他打开门的同时低下头向门外鞠躬。然后,十二只海豚拉着一辆闪闪发光的金色战车进来了,整个洞穴都被这烟花般的亮光照亮了。他们的老板就是尼普顿!

"怎么是你?"我几乎喘不过气来,"但是——"

尼普顿瞥了我和亚伦一眼,转向另外两条人鱼。"干得不错!"他严肃地说,"这里没你们的事了。"奥塔和卡伊向尼普顿深深地鞠了一躬,连看也不看我们一眼,就从洞穴中游了出去。尼普顿挥了一下手中的三叉戟,战车后面的一只海豚轻轻地摆动着尾巴,关上了它们身后的门。"好吧,"他严肃地转身面对着我们说,"现在来谈谈我们的事吧!"

第三章

神秘的任务

我们的事？这是什么意思？我很确定我跟尼普顿之间没有任何瓜葛。我不可能忘记跟他的约定，而且这也不是那种匆匆忙忙就自愿去做的事啊！

也许你从来没有跟尼普顿打过交道，他是海洋的统治者。他手里总是握着根铁棍——准确地说应该是握着一把三叉戟。这是他特有的权杖，是他用来召唤风暴或者实施诅咒的法器。

但是最近他变得仁慈了许多。我觉得他应该很开心，这样一切都朝好的方向发展了。

看来显然是我错了。

"你知道我为什么把你们带到这里来吗?"尼普顿用深沉而低沉的声音说道。这声音在整个洞穴里回荡,并发出了隆隆的回声。

"呃——是——"

"我会告诉你们的。"然后他沉默了。

他看起来很纠结。虽然我见到过尼普顿纠结的样子比我记住的次数还多,但这次有些不同,他看起来是在跟自己做思想斗争。

他突然举起三叉戟,转向他的海豚。他一边挥动三叉戟一边吼道:"出去!我叫你们的时候再进来!"其中一只海豚打开门,海豚们快速地转过身去,鱼贯地游了出去,把我们三个人留在了洞穴里。尼普顿招手让我们靠近一些。

亚伦和我笨拙地朝他游去。

"我有一项任务要交给你们。"他说,"一个——好吧,这是一个使命。"

"一个使命?"亚伦问,"什么样的使命?"

"我现在还不能告诉你们太多,"尼普顿严肃地回答,"但是我可以告诉你们,这项任务非常重要,必须保密,而且还是一项很危险的任务!"

好吧,这次听起来感觉好点儿了。

"为什么是我们?"亚伦问道。

尼普顿低下头,盯着自己的手。"为什么不能是你们呢?"

他喃喃自语。

"为什么不能？"我可以想到很多为什么不能是我们的理由。

但是尼普顿耸了耸肩，以一种毫不在意的方式摆弄着三叉戟。"因为你们是半人鱼，"他轻蔑地说，"我知道你们会去的。"

他没有再做任何解释，想让一切听起来都很随意。他根本不会跟我们一起去，因为我们得"按他的要求做"。

"如果你只是要找半人鱼，为什么不派比斯顿先生去？"亚伦问道。

比斯顿先生也是半人鱼，他一直在为尼普顿工作。之前，他大部分时间都是在监视我妈妈和我，并向尼普顿报告他发现的一切。

当我发现这件事时，我很生气。但最近，他改变了，还向我道了歉，情况有所不同了，所以我原谅了他，但这并不意味着我会相信他。我说："比斯顿先生肯定是执行这项秘密任务的最佳人选。"

尼普顿摇了摇头："比斯顿不知道这个任务。"然后他捋着胡子，眯着眼睛说："也许这不是个坏主意，比斯顿确实可以派上用场。"

"太好了！"我说，"那我们是不是现在就可以走了？"

"走？"

"你刚才不是说，可以派比斯顿先生去做吗？"

尼普顿的脸色变了。"这件事不能让比斯顿先生做！"他坚定地说，"无论如何，不能让他知道，不能让他知道全部的真相。但他或许可以陪你们去，但不能让他知道太多。"

"陛下，请原谅我，我想知道我的理解对不对。"我一边说一边鼓起勇气盯着他的脸，直到他也看着我，"这个任务如此神秘，甚至连你最信赖的顾问比斯顿先生都不知道真相，可是你告诉了我们，我们之所以被选中，只是因为我们是半人鱼吗？"

尼普顿转过了身。

"先生，不对，陛下！"亚伦急忙纠正，"你是不是有什么事情没有告诉我们？"

"好吧。"尼普顿说，"我承认，不仅仅是因为你们是半人鱼。"

他好半天没有说话，我不耐烦地摆动着有些瘙痒的尾巴。一条浑身长满黑色和金色斑点的鱼，看起来有点像豹子，在我们之间来回穿梭。尼普顿看着这条鱼游走后，转向我们，说："这是因为我要你们去的是一个神秘而有魔力的地方。"这听起来并不怎么糟糕，但是他又补充说："那是一个非常恐怖的地方。"

神秘、魔力、恐怖，听起来可就不那么诱人了。

"这是一次危险的经历。"为了让我们有足够的思想准备，尼普顿又补充说。

"可为什么是我们呢？"亚伦再次问道。

"因为需要我所有的力量来完成这项任务。"尼普顿回答道。

"你所有的力量？可我们已经没有了啊？"我说。

我和亚伦曾经得到过一对神奇的戒指，它们曾经是尼普顿和他的妻子奥罗拉的结婚戒指。我们发现，一旦我们戴上戒指，手牵着手，就获得了尼普顿的神奇力量。这真是太酷了！我们弄清楚了这一切，甚至连尼普顿都没有发现它的神奇，于是他就让我们把戒指还给他。这已经是几个星期之前的事了。

尼普顿目不转睛地盯着我，我不得不转过身去。"没错，你们已经还给我了。"他说。

我还想争辩，他继续说："你们是把戒指还给我了，可是之后不久我就发现，每当我靠近你们的时候，我都能感受到它的震动，我知道你们仍然拥有戒指的一些力量。这让我很困惑。你们是怎么又得到它的力量呢？所以我就监视你们了。"

我大吃一惊，这么说最近我们一直都在他的监视之中？尼普顿一直派人监视我们？

"然后呢？"亚伦问道。

"我很快就找到了答案。"尼普顿看了看我，然后盯着亚伦继续说，"你吻她了，对吧？"

"什么？"亚伦大吃一惊，"你怎么……什么时候……什么……"他尴尬得涨红了脸。

"好吧，那么，"尼普顿说，"这就说明了一切。"

"你这是什么意思？这算什么解释？"我问道。

"上周我去西普罗克巡察，看到你们两个在远处。"

我记得那一天。我们那天在彩虹礁附近的水域玩，整个下午我们都手牵着手又说又笑。

"当我看到你们的时候，我就能感受到你们的幸福和快乐。我当时做了一些现在想起来很不光彩的事情。"

"你做了什么？"我问道。尼普顿没有看我们的眼睛。"我向你们发出了一阵愤怒。"他一边说一边盯着地板，摆动了一下尾巴，赶跑了在他身边的一些东西。

"一阵愤怒？"我问，"为什么？"

"我很嫉妒你们。"

"嫉妒？我们？"亚伦盯着尼普顿说。

"你们拥有一些我失去了的东西，"尼普顿终于盯着我的眼睛说，"这让我非常气愤！所以我制造了一个小小的麻烦，想让你深陷其中。它不会伤害你，我只是想让你离开这个让你快乐的小伙子一段时间。"

我试着回忆当天的情形，但是除了快乐的感觉，我什么都不记得了。

"我也没有任何感觉。"亚伦说。

"没错，我的魔力没有影响到你，因为你们被幸福和快乐包围着。虽然我的魔力到了你们附近的岩石，却不能靠近你们。"

"为什么不能？"我问道。

"因为你们牵着手，"尼普顿解释说，"无论我怎么做，你们都有能力抑制我的魔力。"

"怎么会这样？"

尼普顿挥手打断了我："当时我也是这么想。那一刻，我以为你们欺骗了我，想到你们竟然敢欺骗我，你们无法想象我有多生气。"

事实上，我们很容易就能想象到尼普顿生气的样子。

"我想来想去，最后我终于意识到这一切为什么会发生。"

"是不是每次我们亲吻，我们就能恢复魔力？"亚伦问道。

"完全正确！"

"可这是为什么呢？"

"当奥罗拉和我结婚时，我们给我们的结婚戒指注入了神奇的魔力。"

"但是我们把戒指和魔力都还给了你啊！"我坚持道。

"听我说！"尼普顿咆哮起来。这让我们意识到跟他争辩是不明智的。"在我们的婚礼上，我们用一个吻封印了魔力。那个吻将魔力封印在戒指中。这个吻也是魔法的一部分。它魔力强大，能够使原来的魔力翻倍。"

亚伦皱着眉头说："也就是说，每当我们亲吻时，这个吻就会把魔力重新带给我们？"

"准确地说，我也不知道它会这样。我们那天立下的誓言是为了我们自己，也只有我们自己。它从未被设计成对其他人有用。"

"我们并不是故意这样做的。"我嘀咕着。

"我知道你们不是故意的,这就是你们没有受到惩罚的原因。"

我悄悄地观察了一番周围的洞穴,想回忆一下我是怎么到这里来的。"真的吗?"我问道。

"是,真的!"尼普顿厉声说,"事实上,情况正好相反。我把你们带到这里,是激发你们的忠诚和信任的最佳方式。"

"现在最重要的就是保密。不能让人知道你们去了哪里,也不能让人知道你们为什么被带到这里。"

我咽了口吐沫,不确定自己是否还想再听他说下去。在这件事上,我根本没有选择的权利。

"我需要你们为我做点事,"他继续说,"这是一次长途旅行。它会有危险和许多未知情况。我唯一可以保证的是,如果你们不这样做的话……"

他停了下来,摇了摇头。

"如果我们不这样做,会怎么样?"亚伦问道。

尼普顿盯着亚伦的眼睛说:"我们即将面临一次危机,它已经越来越近了,如果你们不能化解这次危机,我们都会有危险。"

亚伦用颤抖的声音问道:"我们都会有危险,也包括你吗?"

"尤其是我!"

"我……我不明白。"我说。

尼普顿把身体靠在了他的战车上,把尾巴蜷缩在身下说:"我不能告诉你太多,我知道的,我会尽量告诉你们,但你们也必须明白一件事情，你们是最先知道也是唯一知道这些秘密的人，明白吗？"

尼普顿这样信任我们，我们能做到吗？我甩了甩尾巴，把自己的整个身体拉得更直了，瞥了一眼亚伦，他向我点了点头。

"我们知道了！"我们俩齐声说道。

"在过去的两个星期里，每天早上醒来，我都会浑身是汗，在恐怖和痛苦中挣扎，那种感觉我几乎无法形容，"尼普顿开始说，"我不知道究竟是什么让我感到恐惧，但我能感受到它。"

"你感觉到了什么？"我问，"你觉得有谁要伤害你吗？"

"没有人要伤害我，我身边没有别人，只有我自己。"尼普顿回答说，"这只是我的感觉。"

"只是你的感觉？你的意思是这些恐怖的情形是你想象出来的？"亚伦问道。尼普顿的眼神有些暗淡。他看起来更像他平时的样子了。"你们的意思是，"他气愤地说，"作为整个海洋的统治者，我每天都生活在自己想象的恐惧之中！"

亚伦咽了一口吐沫。"不是，陛下，"亚伦结结巴巴地说，"对不起，我以为你说过……"

尼普顿并没有理他，继续说："每天晚上，我都被梦中一些恐怖的场景和情感困扰。"他几乎又是在自言自语，"这一系列可怕的场景总是在黎明破晓时出现在我的梦中，所以那些情景根本无法被忽略。你一定也注意到了吧！"

"注意到了什么？我们并没有见到你啊！"亚伦说。

"我生气或不安时会发生什么？"尼普顿不耐烦地问道。

我突然就明白了！是天气！暴风雨！这些都是因为尼普顿！他的坏情绪会造成暴风雨。今天早上我们经历的那场小型毁灭性的风暴就是因为尼普顿的噩梦！

"你制造了风暴！"

他点了点头："我无能为力。如果不能阻止我的噩梦，这一切会变得更糟糕的！"

"这就是你担忧的原因吗？"我问。

"这还不是最糟糕的，最可怕的是我在梦中看到的情形。我不知道它到底是什么，但确实有一些东西在那里……"他的声音越来越低了。

"是什么让你感到害怕，对吗？"我说。他转过身去默默地点了点头。

亚伦说："可是，你是尼普顿啊！你怎么会这么害怕梦呢？"

尼普顿用冷酷的眼神看着亚伦说："因为它不仅仅是梦。"

"什么意思？如果不是梦，那是什么？"

尼普顿轻轻地摆动了一下他的尾巴，弯下腰来，这样他就跟我们平视了。我可以清楚地看到他的白胡须在鼻孔旁边轻轻地摆动，甚至可以闻到他午餐时吃的青鱼的味道。

接着，尼普顿以一种从未有过的、颤抖的声音说道："那是一个记忆。"

第四章

尼普顿的噩梦

我和亚伦盯着尼普顿问道:"记忆?"

尼普顿点了点头:"我想是这样的。今年早些时候,我在咱们整个地区停止使用失忆药,还记得吗?"

我们当然记得,他这样做也是因为我们。从那以后,人们就能回忆起他们多年来一直忘记的各种关于人鱼的记忆了。

"显然我没办法制止这一切,"尼普顿继续说,"这一切看起来就好像是以一种黑暗的、危险的方式发生的。"他瞪着我们俩说:"你们的工作就是找到那个潜在的威胁并解决它!然后找到那个试图偷走我记忆的罪魁祸首!"

"陛下,请原谅。我想问,既然这件事这么重要而且这么危险,你为什么不自己做呢?"亚伦问道。

"这件事有很大的危险,"尼普顿说,"对我们所有人,甚至对整个海洋和陆地都存在很大的危险。在我的梦中和记忆里,我会在这件事上犯可怕的错误!我是不能犯错误的,这关系重大。"他停止说话,但不愿看着我们。

"你很害怕,是吗?"我问道。

尼普顿停顿了很久,扬起了下巴。然后,他又低下了头,静静地说了一句"是的"。

这句话比他说的任何一句话都要可怕。我使劲地咽了一口吐沫,努力地试图阻止我的尾巴颤抖。

尼普顿说:"在你们给我明确的答复之前,我不会再说什么了。"

"我们给你什么答复?"亚伦问道。

"两件事,第一,你们和我在一起。第二,你们今天听到的一切,以及今后几天从我这里听到的一切,都是我们之间的事,只有我们知道。"

他看看我,又看看亚伦,邀请我们跟他一起应对这次挑战。我没看亚伦,因为不需要。到现在为止,我知道他是怎么想的,他跟我的思想是相通的,我们对兴奋、危险和刺激有着相同的感受。这件事让我感到前所未有的兴奋,我理智的天平已经发生了倾斜,我知道我的决定,而且我知道亚伦的决定也会是一样的。只是我得想办法让妈妈和爸爸同意我的决定,我相信到时候我们会处理好这个事的。

于是亚伦和我甚至没有看彼此一眼就同时回答道:"我们去!"

之后的一切都发生得很快。

尼普顿轻轻地挥动他的三叉戟,召唤他的海豚。不一会儿,海豚就回到了洞穴里。

"上来吧!"他说着,邀请我们一同坐上他的战车。海豚把我们带出洞穴,经过之前我们被蒙住眼睛穿过的蜿蜒的隧道,进入了一座非常宏伟的宫殿。除了尼普顿的宫殿,其他任何地方都不可能跟这里相比。这里几乎是由纯金制成的,巨大的石柱矗立在每个角落里。天花板的岩石缝隙里镶嵌的都是宝石。四周的宝石光芒闪烁,令我眼花缭乱。

在这座豪华的宫殿里,连我们周围来回穿梭的鱼似乎都显得非比寻常。一条狮子鱼,看起来好像穿上了最华丽的衣服,就像一位雍容华贵的公爵夫人,游过大厅。一条表情严肃、目光锐利、通体乌黑的鱼游过我们身边,一副超然和优越的表情,连看也不看我们一眼。

我们穿过宏伟的大厅入口,来到一扇巨大的门前。尼普顿挥动了一下他的三叉戟说道:"开门!"门应声打开了。

很快,我们回到了开阔海域。尼普顿宫殿后面的海水浑浊、黑暗，我使劲地揉了揉眼睛。尼普顿示意我们离开他的战车。我们摆动尾巴从尼普顿的战车上游下来，等着尼普顿向我们指明该如何找到回家的路。

然后他说："明天早上六点钟到宫殿门口来等我。"

早上六点钟？

"我醒来的时候，你们必须在这里。我必须一醒来就告诉你们我的梦，我不想让你们错过任何细节，明白吗？"

我们点点头。

"好的，我们会一早就来见你。"

"我们该怎么告诉我们的父母呢？"我问道。

尼普顿用他乌黑的眼睛看着我，说："你会想到该怎么说的。"

亚伦清了清嗓子，问："我们怎么来？"

"海豚会去接你们的，"尼普顿不耐烦地说，"六点钟去接你们。它们知道在哪里能找到我，而且会把你们带到我身边。我六点半醒来，你们要在那儿。没有人知道你们会在哪里，或者为什么在那里。我再说一遍——没有人会知道。现在清楚了吗？"

"是，陛下！"我说。

"完全明白了！"亚伦补充说。

"很好，明天见！"尼普顿说完，转身挥动他的三叉戟，命令海豚带他离开。

一秒钟之后，尼普顿、海豚还有他的战车就在我们的面前消失了。

亚伦和我仍然在浑浊的海水中徘徊，我们彼此什么也没说，因为我们都不知道该说些什么。

在我们下面的海床上，厚厚的绿色海藻轻轻拂着看起来满是尘土的粉红色珊瑚。形状、大小各异的鱼儿纷纷向我们游来，在我们身边巡视一番后就游走了，但它们在离开之前总是会再次游过来，就是想来看看我们到底是不是它们感兴趣的东西。

我们俩一路沉默无语，朝着尼普顿告诉我们的方向游去。我一边游一边琢磨最近发生的一切，并试图弄明白这一切究竟是怎么回事。我猜亚伦也在想这些事。

最后，当我们离布莱特港还有一段路程的时候，亚伦放慢了速度，问我："你还好吧？"

"我不知道，"我诚实地回答，"你呢？"

亚伦勉强笑了笑。"我是这么想的，"他说，"我很高兴至少我们俩在一起。"

我冲他笑了笑说："我也是这么想的。"

"我们该怎么告诉家里人呢？"我问道。

"我们就说我们要去彩虹礁游泳，然后一起看日出，好吗？"

"好主意，免得他们问太多。"

但是，当我们快到布莱特港时，我忍不住心里又犯了嘀咕。

如果我们不能完成尼普顿的使命怎么办？如果我们受伤或者发生更糟糕的情况怎么办？"

"嘿，别着急。我送你去布莱特港码头！"我前面的亚伦对我说，他的话打断了我的思绪。"你回去吧！"我把问题抛到脑后，用力地摆动尾巴，然后穿过了黑暗的海水。

第二天早上五点半，我被闹钟吓得从床上跳了下来，还以为着火了！接着我想起来，这是比火灾还要糟糕的，与尼普顿及其噩梦的约会。亚伦就在船外等着我，我关上门，他在我身后问道："准备好了吗？"我装作很开心，这是我能给出的最好的回复。

然后，我们就出发前往开阔的海域。

大约半个小时，我们到达了尼普顿的宫殿。正如尼普顿所说，海豚就在门外等着我们。我们上了尼普顿的战车，它们把我们带进了宫殿。

经过了二十个曲曲折折的回廊和五十盏枝形吊灯，我们来到一个拱形大门前，大门建在岩壁上，门上有金色的门把手和一把闪闪发光的三叉戟。

海豚停了下来。"我想我们到目的地了。"我说。

我们从战车上下来，海豚转身游走了。我们俩站在尼普顿的房间外面。最后还是亚伦鼓起了勇气，轻轻转动门把手。门打开后，我们游过大厅。

这是我见过的最大的房间,几乎有剧场中的一个大舞台那么大。房间里摆满了稀奇古怪的家具:一张巨大的龙虾形状的躺椅,躺椅上放着一个巨大的紫色丝绸坐垫,坐垫的周围看起来就像是盘绕着一条巨大的鳗鱼,珊瑚覆盖着发光的岩石照亮了我们尾巴下面的地板,像一道水帘垂挂在房间的中央。

　　我们游过房间去找尼普顿,还没看到他,就听到他的鼾声在整个房间里回响,震得我的牙齿嘎嘎响。鼾声是从瀑布的另一边传来的。

　　我们穿过瀑布,然后就看到了尼普顿,其实我们只是看到了尼普顿的一部分。他躺在一张我从未见过的最宏伟、最庞大的琥珀床上,床的四周有八根柱子,柱子旋转向上,在床的上方拧成了螺旋状。当我们接近时,四周的柱子开始扭动、抽搐,这时我们才意识到——它们不是柱子!

　　"它们是章鱼的触手!"亚伦脱口而出,"尼普顿睡在章鱼上?"

　　我又看了一眼,忍不住想转身逃走,再也不想回头看这一切。它看起来跟我之前见过的某个东西长得非常相似,我从来没想到会再看到它——北海巨妖——尼普顿的特殊宠物。就是那只被我提早唤醒的沉睡了近百年的怪兽,它几乎摧毁了整个岛屿,甚至还有一艘满载游客的游轮,其中还包括我的妈妈。

　　但亚伦是对的,它并不是海妖。它的触手上没有滑腻的黏液,也没有令人恶心的紫红色吸盘。它看起来就跟这里的其他东西一样，仿佛都嵌满了珠宝。当这些触手随着水波漂荡时就会从吸盘上发出光来。这只是一只无害又无辜的大章鱼，被尼普顿拿来当作了床。

我正在想可以先稍微放松一下，尼普顿突然发出一声怒吼："不——别这样！水！给我拿水来！冷，好冷啊！快，控制住水！抓住它！别让它跑了，快抓住……"

他这是说什么呢？

一个浪突然向我袭来，接着我像雪球一样被卷了起来，扔到了房间的另一端。整个房间都在颤抖，墙壁在摇摆，吊灯晃来晃去。我完全不知道发生了什么事情！

紧接着，一个更大更猛的浪再次把我卷起来抛了出去！这次我摔在了亚伦身旁。他正抓着岩洞顶部一块匕首形状的钟乳石，同时，伸出另一只手冲我喊道："抓住我的手！"我挣扎着游了过去，伸手去抓他的手，居然没有抓到！我想要再次尝试，却被一股旋涡卷了进去，就像被扔进烘干机里的一条破牛仔裤一样旋转着。

最后，我拼力冲出了旋涡，一把抓住了亚伦的手。瞬间，海水平静了下来，旋涡也停了下来。很快，整个房间都安静了下来。一分钟之后，一切好像从未发生过一样。是尼普顿对我们使用了他的法力，还是我们的牵手阻止了海啸，或者是海啸恰好停了？我还没有想明白，就听到了尼普顿的召唤。

我们游过房间，看到了坐在巨型章鱼床上的尼普顿，他的尾巴在章鱼的两条腕足之间慵懒地垂着，慢慢地舒展着。

"你们来了。"他简单地说。

"你命令我们来的。"我强调了一句。

尼普顿似笑非笑地摆了摆手说，"没错。好吧，我们谈正事。我来告诉你们我的梦。"

所谓"正事"，就是听尼普顿唠叨了快一个小时，并试图努力找出他梦里的线索：

a. 完全说不通。

b. 或许可以帮助我们弄清楚该为我们的使命做些什么准备。

c. 通过一些微小的细节找出迹象。比如，我们到底应该去哪里！

不幸的是，他所说的一切对我们的任务没有任何帮助，我们目前完全是一头雾水！从我们无意中听到尼普顿在梦中的叫喊，到他醒来后告诉我们的内容，这一切对于我们的任务完全没有任何帮助！我们所知道的就是：

我们要去的这个未知的地方，到处都很冷，非常冷。

这一切都与水有关。

可能还有山。

这就是全部的信息了！

第二天还是同样的情况：尼普顿依然在睡梦中尖叫，一场短暂却非常强大的海啸袭来。所有的信息都非常有限，几乎没什么用。

到了第三天早上,因为每天都起这么早,我已经感到精疲力竭。最糟糕的是,我们似乎没有任何进展。

那天下午,亚伦和我在"幸运号"上消磨时间,我们一起研究尼普顿告诉我们的所有事情,并试图找到一些可以把它们拼凑起来的方法。这种感觉就好像他给了我们一个装满拼图的袋子,然后让我们拼出一幅图来,但这些碎片根本就拼不到一块,它们好像不是同一个拼图的碎片!

妈妈准备去上普拉提课了,她冲进我的卧室时穿着紧身裤,脑袋上绷着止汗发带,运动夹克系在腰上。"亲爱的,你能帮我个忙吗?我的健身袜被我撕了个洞,到处都找不到针和线,我知道米莉肯定有针线,我知道我应该自己去拿,但我现在必须读完今晚读书小组要求读的书,你能帮我跑一趟吗?"

我不打算对妈妈那些可笑的社交活动做任何评价,当然我也不会评价她的运动装备。

"当然可以!"我说着就跟亚伦一起朝着米莉的船——"国王号"走去。

我爬上船,推开了舱门——"米莉!"

没人答复。当我正要离开时,突然听到了一些声音。她一定是在底舱。米莉对这艘船也做了一些改动,以便她的男朋友阿奇可以随时拜访。阿奇是尼普顿的贴身护卫,也是人鱼。米莉的船的下半部分跟我们家的船一样装有活板门,这样就可以方便阿奇从水下进出了。

我来到底舱,打开了活板门,想看看声音是从哪里来的,我正准备问是谁,就看到了阿奇。

"哦。"我说。

他转过身来。"哦,嗨,爱美丽!"他冲着我大笑着说。这种笑容看起来一点也不像阿奇的笑容。阿奇从来都不会这么笑——好吧,嗯,应该说他从来都不会笑到露出满嘴的牙。这让他看起来像一条面对入侵者亮出尖牙的狗。

"我只是,呃,我刚准备要离开。"阿奇说,"刚才突然想来看看米莉在不在。本来打算给她一个惊喜,约她出去。其实就是突然想来看看——好吧,既然她不在,那么就再见吧!我会告诉她你来找过她。"

我还没来得及说话,他就已经离开了。我站在那里,盯着空空的甲板和被拉开的活板门发了一会儿呆,想知道是不是我想多了,反正就是觉得哪里怪怪的。

"她在吗?"亚伦在门外喊道。

我游回到他的身旁说:"不在,是阿奇。他说他是来找米莉,想给她一个惊喜。"

"哇,这两个家伙还真够浪漫的!"

亚伦说得没错,阿奇并不奇怪,他一直都是个暖男。所有这一切都是因为尼普顿的秘密和噩梦,才让我变得如此神经质。

"我妈妈肯定有针线能帮我们,我们现在就去我家吧!"亚伦说道。

于是我们离开了"国王号",前往亚伦家。

第四天早上,我们终于取得了一些突破。

在前往宫殿的路上,我们被暴风雨袭击了。"我们迟到了吗?"我一边对抗风暴,一边问道。

亚伦摇了摇头,说:"他肯定是提前醒来了。"我们在波浪中旋转翻滚,在岩壁上磕磕碰碰,终于狼狈不堪地到达了尼普顿的宫殿。像往常一样,海豚把我们带进了尼普顿的宫殿,来到了他的寝宫。

尼普顿正斜倚在龙虾形的躺椅上,他招了招手,让我们进入房间,我们紧张地向他游了过去。

"对不起,我们迟到了,"我开始说,"我们遇到了……"

"没关系,你们到了就好!"他将了将胡须快速地说。"今天早上我的梦特别清晰。这种强烈的感觉让我非常确定这些都是回忆!那个我梦中的地方,我曾经去过——我当时就在那里。你看!"他说着伸出手来,"摸摸我的手。"我摸了摸他的手,感觉就像摸着一块冰。

"哎哟!"我惊叫着把我的手抽了回来。

"看到了吗?这是真的!"尼普顿的眼睛瞪得大大的,惊呼道,"它是冲我来的!它已经在我身上生效了!"

此时此刻,我们已经习惯了他那些谜语一般的胡言乱语,所以我们谁也没有打断他。

尼普顿从他的躺椅上跳了下来，不安地在我们周围游着。他轻轻地摆动尾巴，尾巴划动海水，生成一串气泡，这些气泡画出了尾巴摆动的痕迹。

"我感觉到了冷，还看到了它——我知道它是从哪里来的，"他说，"有一个湖——那是一个与记忆有关的湖！那个湖，你们一定会亲眼看到它并跳进去。还有水——那是被冻结在山顶上的水。你们必须找到这种水。只有你们才能抓住它，而且你们必须抓住它！你们明白吗？你们必须找到那个湖。找到这些，你们才能发现威胁，并且找到叛徒。"

他停了下来，握着他的三叉戟，盯着我们的眼睛说："最重要的是，我终于知道了它在哪里！我终于知道要派你们去的地方了！"

亚伦咽了一下口水，用颤抖的声音问道："在哪里？"

尼普顿靠近他，放低声音对他耳语道："去午夜太阳之地。"

第五章

冰川之旅

午夜太阳之地？地球上哪有这样的地方？我们盯着尼普顿，张着嘴愣在了那里，等着尼普顿继续解释。

最糟糕的是，他没有再说什么！

"我们不能再等了！"他焦急地说，"这个周末，你们就出发。"

"这个周末？"我重复，"也就是说，还剩四天时间了！"

"没错，严格地说是三天时间，周五你们就出发！"

"周五。"我不由自主地重复了一句，就是想确认一下我有没有听错。只有三天时间去说服我们的父母，让他们同意我们去执行这个危险但还不能告诉他们是去干什么的任务。"也就是说,我们要去午夜太阳之地?"我补充了一句,"可是它在哪儿啊?"

"它在这个星球的最北端。"尼普顿说,"一个每一年夏天,都会有好几个星期太阳不会落下去的地方。"

"完全不会日落?"亚伦惊讶地问道。

"完全不落,那就是极昼。现在,听好了!我告诉过你们有一座山,还有一个湖,其实它们是连在一起的,那个湖是被山环绕着的。你们必须找到那个地方,当你站在湖边凝视湖水时,你会发现它根本看不到底,只能看到环绕在它周围的群山的倒影。但是,问题的关键是那些倒影并不是真实的倒影!"

"哇!"我忍不住惊叫道。

"我解释得再清楚不过了。"尼普顿说,"我只知道,你们在周围看到的一切与你们在湖里看到的完全不同。你们一定要找到这个湖,湖周围的山是被冰川覆盖着的,那冰川看起来像一条巨大的舌头从山上伸下来。这就是你们能帮我找到答案的地方了!"

我深深地吸了口气。所以,我们要去找的就是一个我们看到的东西都不是真实存在的地方,然后爬上那条冰舌头,钻进巨人的嘴里!这真是太酷了!

尼普顿游过房间,招手让我们跟上。他随手弹开了一条像穿着有棕色和奶油色条纹睡衣的鱼,他的手像游动的眼镜蛇一样伸进了一个抽屉,从里面拿出两只海螺。"拿着!"他说着,递给了我们每人一只海螺。

我翻看着手中的这只海螺。它是荧光紫色的,海螺的顶部是螺旋形的,一圈一圈紧密地缠绕着,中间部位变得比较胖,有一个大大的缺口,可以看到螺壳的中心。如果你把这种海螺扣在耳朵上,就能听到大海的声音。亚伦的海螺是银色的。尼普顿又拿出了第三只海螺,它是金色的。

"你们可以用这个联系我。它们不是普通的海螺,这是海螺手机。它们拥有我的魔力,你们可以用它们联系我——无论你们在哪里,无论白天或晚上随时都可以。"

"这东西怎么用?"我一边把玩着手里的海螺,一边问道。

"说出你想要联络的海螺手机的颜色——紫色、银色或金色,那个人的海螺手机就会亮起来。当对方拿起海螺时,你对着你的海螺说话,对方会听到你说的。清楚了吗?"

我们点点头。

"我要你们每天联系我!确保每天让我知道最新的重要信息。"

我还没来得及提问,他先我一步给出了答案。

"如果你们不知道哪个是重要信息,就当它是重要信息,全部告诉我好了!"

"我们明白。"我俩一起说。

"很好,现在把这个收好了。"他说着又伸手去抽屉里拿出两个小瓶子,递给了我们。

"这些又是什么?"我一边研究着手中的瓶子,一边问道。它看起来很像米莉用来装香草和药剂的瓶子——小小的玻璃瓶上塞着软木塞,瓶子里橙色的液体像烟雾一样闪烁着绚丽明艳的光。

"你们要去的那片海非常远,比你们以前所游到过的任何一片海都要遥远,而且寒冷。"尼普顿说,"人鱼可以适应任何水域,但你们是半人鱼,所以你们没有这样的能力。你们第一次下水时把这个涂抹在鳞片上,它可以保护你们。把这一整瓶涂抹在身上,它可以保护你们一周的时间。一周的时间应该足够了。"

应该?如果不是呢?如果完成任务时间比这长怎么办?我没问出声。如果尼普顿认为一周的时间足够完成这次任务,我也不想为我们需要更长的时间而争论。

"下一步,"尼普顿轻松地说,"我会给你们安排一个借口。"

"借口?"我问道。

"没有人会知道你们要去哪里,也没有人会知道为什么去那里。"

我暗自琢磨,在整件事上,尼普顿考虑得很周全。而我们,严格地说,甚至都不知道要去哪里!

"比斯顿先生会护送你们的。"尼普顿接着说,"我会告诉他,你们在为我执行一项特殊的秘密任务,但我不会告诉他关于噩梦和威胁的事。"

我问他:"为什么不让我们的父母来护送我们呢?"

尼普顿解释说:"比斯顿可以在陆地和海洋中生活。执行任务时这两种能力都可能会用到。尽管他有不少的缺点,但他始终还是值得信赖的。"

对此,我不以为然。

尼普顿继续说:"我会安排好所有的细节。等任务完成后,我会派比斯顿去接你们。一切都清楚了吗?"

一切都清楚了?我忍住,没有紧张地笑出声来。

"听着,"尼普顿说,"你们所要知道的是,这里面有一个很大的威胁,一个来自午夜太阳之地的巨大威胁。你们要去阻止它,还要找出是谁偷了我的记忆。就这么简单。"

那个因为紧张而被我抑制住没有发出的"笑"随着这次任务的开始和深入,在我的胃里凝固了。

"我会永远感谢你们的,"他补充说,"这一切结束后,你们会得到奖赏的。"

"我们明白了。"亚伦说。

我终于说出了话,补充说:"我们会尽我们所能,不会让你失望的。"

尼普顿看着我们俩笑了。"我知道你们会的,"他说,"这就是我选择你们的原因。"

尼普顿信守诺言,安排好了一切。

第二天早上,亚伦来找我时,他的妈妈和米莉也在我家。米莉正在解读妈妈的塔罗牌,我和亚伦看着她解牌,在她用深沉而意味深长的声音说"皇后在四个圣杯的旁边——这代表非常幸运"之类的话时,强忍住不笑出声来。

解读到一半的时候,爸爸从活板门里探出头来,他用胳膊支在活板门边向妈妈抛来一个飞吻。

"嘘!"米莉发出嘘嘘声,"我现在的状态很好,希望你不要影响我解读塔罗牌。"

这让我更想笑了。

正当米莉解读完这局牌,开始洗牌的时候,门外传来了一阵刺耳的敲门声。

"就我一个人。"比斯顿先生走上船来,环顾四周后说,"啊,太好了。我很高兴你们都来了。我要告诉你们一些重要的消息。"

"听起来很不吉利。"米莉说。

"根本不是,"比斯顿先生说,"事实上,这是一个非常令人兴奋的消息。"他转向亚伦和我,然后又回头看了看其他人,脸上挂着他特有的、让人难以信任的微笑:"这关系到爱美丽和亚伦。"

"哦,"爸爸眨了眨眼说,"他们现在打算干什么?"

比斯顿先生摆出一副"我是重要人物,我知道的比你多"的表情,对爸爸说:"尼普顿最近非常关注他们,他们给尼普顿留下了非常深刻的印象,因此他决定奖励他们。"

"什么样的奖励?"妈妈问。

比斯顿先生清了清喉咙说:"他要送他们去度假。"

"度假?哦,太好了!"妈妈几乎从座位上跳起来。"我们要去哪里?什么时候出发?"她说着就从沙发上跳了下来,"哦,我需要带些什么?"

"啊,好吧,是这样的。"比斯顿先生的脸一下子红了。

妈妈停了下来:"怎么回事啊?"

"你……呃……实际上,你不需要打包任何东西。至少,不用为你自己打包行李。"

妈妈盯着他看了一会儿,然后像是突然又想到了什么:"你的意思是说,尼普顿已经为我们准备好了我们所需要的一切?"

"尼普顿没有为你准备任何东西!"他一边摆弄着衣角,一边补充说,"恐怕你哪里也不用去。"

爸爸妈妈互相看了一眼。"他们俩自己去?"爸爸问道。

比斯顿先生的脸变得更红了。"不,不是单独去,"他说,"当然,会有一名随从护送他们去。尼普顿已经仔细考虑了整件事,并做出了安排和决定,他派了一名他最信任的高级精英……"

"你?"妈妈突然发火了,"他要派你去?"

"嗯,是的。"比斯顿先生说着,突然意识到甲板上的气氛有些不对头。

"为什么不是我们陪他们去?"爸爸又问。

"他……呃……嗯,我的意思是,一方面是因为我多年来一直是他最信赖的护卫,另外,我想他——"

亚伦插话:"他想要一个既有尾巴又有腿的人。"

"这是我们的猜测,"我迅速补充,一面瞪了亚伦一眼,"我们并不知道为什么会这样安排!"

"是的,我就是这么理解的!"亚伦大声说,"我是说,这样解释不是很合理吗?"

比斯顿先生用饶有兴趣的眼神看着我们。他到底知道些什么?他会不会比我们知道的更多?

"孩子们可能是对的,"他说,"尼普顿本想让一个半人鱼跟他们一起去。当然,还得是他信任的人,一个高级官员!我们星期五就出发。"

妈妈努力想表现得高兴一点,但还是失败了。最后她对比斯顿先生说:"你会照顾好他们的,对吗?"

"我当然会照顾好他们,"比斯顿先生说,"那可是我的工作哦!"

爸爸微笑着看着我们。"嗯,我觉得这很好,"他说,"我为你们俩感到骄傲。"

"我也是。"亚伦的妈妈一边说一边走过来给了亚伦一个拥抱。

直到爸爸说:"嘿,孩子们,你们应该看起来更开心一点才对,知道吗?"这时我才意识到,我们应该表现得更像是我们刚刚知道要去度过一个美妙的带薪假期才对。

"我们只是有些震惊,"亚伦略显木讷地说,"这真是个好消息,不是吗?"

"太棒了,耶!"我脸上挂着微笑补充说,努力不让任何人看出我正在发抖。

就在这时,甲板下传来了声音。爸爸低头看了看,"是阿奇。"他对阿奇说:"上来吧,正好告诉你这个消息。"

阿奇游了上来,和爸爸一起靠在活板门上。米莉走过去,弯腰吻了他一下。"是什么消息?"阿奇一边问一边冲着米莉微笑。老实说,这两个人也太肉麻了——他们比爸爸妈妈还过分!

"我们要去度假了!"亚伦努力让自己的声音听起来好像他相信这一切都是真的,就好像我们不是要被送到一个既可怕又危险的地方,一个尼普顿自己都不想去的地方。

"太好了,"阿奇笑着说,"我们都去吗?"

"不,只有爱美丽和亚伦去,"米莉轻声说,"尼普顿只邀请了他们俩!"

阿奇的笑容突然消失了,就像乌云不知从哪里冒出来,瞬间遮住太阳,使一切都变冷了。"尼普顿这是要干什么?尼普顿要把他们送走?他们要去哪里?"

比斯顿先生向前迈了一步,清了清嗓子,用一种"我知道你也是为尼普顿工作的,但我显然才是这些人里最受尼普顿重视的人"的态度对阿奇说:"这是一个奖励!爱美丽和亚伦最近为尼普顿做了一件大事,尼普顿想用这种方式表达他的感谢。"

阿奇缓缓地点了点头。"我明白,"他说,"如果是那样的话,我现在就得去见尼普顿,他们需要护送,我必须请求和他们一起去!"

"哦,亲爱的,你真可爱,"米莉轻轻抚摸着他的脸颊说,"你会尽全力去为尼普顿做事,不是吗?"

"我当然会的。"阿奇说。

"啊,嗯,事实上,一切都安排好了,"比斯顿先生说,"尼普顿已经安排我去护送他们了。所以,在这种情况下,不需要你了。"

阿奇脸色苍白,盯着比斯顿先生,毫无疑问,他对眼前的状况非常生气。"我得走了,"他最后说,"待会儿见。"说完,他跳回甲板下的海水中,摆动着尾巴游走了。

"哼!他居然没有吻我,也没说再见!"

"好吧,至少他似乎挺为我们高兴的。"我自嘲地说。我不太明白,他这是怎么了?

比斯顿有点沾沾自喜地说:"他可能只是不满自己不是尼普顿的第一人选吧!"

"嘿,阿奇有没有说起过,我们上周一大约五点钟的时候过来找过你?"我问米莉。

"没有啊,你确定吗?"米莉问。

"没错,"亚伦回答,"阿奇当时在那儿。他说他来找你,想给你一个惊喜的约会。"

米莉宽慰地笑了,"太浪漫了,但你们一定是记错日子了。阿奇很清楚我当时有占卜课,我是不会为任何事取消它的——就算是和他约会都不行!"

我们没有记错,但我什么也没说。如果米莉相信阿奇是这个星球上最浪漫的人,就让她这样认为吧。但是此时此刻,我开始不太确定他到底是什么人了。他的行为变得就像个陌生人,或者是我此刻想得太多了。

我突然觉得自己想逃避眼前的这一切。"我想出去一下。"我说道。

"你可不能走,你应该去收拾一下去度假的行李了!"妈妈冲我嚷嚷。

"小家伙,你还好吧?"爸爸问。

"我能跟你一起吗?"亚伦说。

"我没事,我能晚点收拾行李吗?我只是想自己待一会儿。"我说道。此刻,我不想让任何人打扰。

这是第一次,我想离开这艘船,我很清楚地知道此刻我应该去哪里,也很清楚地知道此刻我要去见谁。我恨不得立刻赶到那里。

"爱美丽!"肖娜打开她面前的门,游出来迎接我。她挽着我的胳膊,"快进来,我和妈妈正在做螃蟹肉饼。"

"你能出来一下吗?"我问道。

"出什么事了?你还好吧?"

"我也正想去咱们的'地盘'转转。"肖娜笑着说,"嘻嘻,我们很久没去了!我去跟妈妈说一声,马上就出来。"肖娜转身游了进去。

我感觉很对不起她,我知道她的意思是说,最近我总是跟亚伦在一起。

"妈妈说让我一个小时回来,"肖娜说着游回去把她家大舷窗式的门关上,"你想去哪儿?"

"去彩虹礁好吗?"我第一次遇到肖娜,就是在那里。如果一切进行不顺利的话,谁知道这会不会是我们最后一次见面呢。

我们游到最大的那块岩石旁,爬上岩石。肖娜在岩石边上坐了下来,用她的尾巴在水里拍打着。我则趴在岩石边上,任凭我的尾巴随着波浪摆动着。

"肖娜,我有件非常重要的事要告诉你。"我说道。

肖娜停了下来,不再用尾巴拍打水。"什么事?"她问,"是你和亚伦吗?你们闹翻了?"

"你说什么呢?我们没有闹翻!"

"哦,那就好!"肖娜说。我敢肯定,我看到她的眼中闪过一丝失望。"那是什么事?"

"我……我恐怕要走了。"我开始说起来。

"去哪里？去多久？什么时候走？"肖娜连珠炮似的问我。"我不知道会去多久，"我说，"我后天就走。"

"那你怎么现在才告诉我？"她看起来很受伤。接着她的脸色沉了下来，"你跟亚伦一起去吗？"

我该怎么向她解释呢？我不能告诉任何人这件事的细节，但我想向她透露一点信息，我不想让她以为我要跟亚伦去探险，却不带她。

我终于想到我有什么可以给她了！我从我的鱼尾包里拿出了一样我从未离身的东西：我的友谊石。这是我和肖娜多年以前互相交换的友情信物——它代表着无论发生什么事，我和肖娜的友情都不会变。

"我想让你收下这个。"我对肖娜说。

"可这是你的啊！"肖娜说，"如果我收下它，你就没有了！"然后她眼珠一转有了一个主意，她也从她的鱼尾包里掏出了一块同样的友谊石。"我们交换吧！这样的话，我们彼此就都能拥有一件对对方来说很特别的东西了！"

"这样就好像我们永远不会分开了？"

"没错！"

我们交换了友谊石，肖娜看起来高兴了很多。但我仍然觉得这些还不够，我想要给她的更多。我忽然又冒出了一个想法，我还有一只尼普顿给我的海螺！如果我把它送给肖娜会怎么样？我们还有亚伦的那只，所以不会影响我们跟尼普顿联系。

而且，我们不在这里的时候，我还可以和肖娜保持联系！这会让她知道她对我有多重要。

我还没有彻底想明白，就直接从口袋里掏出了尼普顿的海螺。

"肖娜，拿着这个。"我对她说。

她拿着海螺问我："这是什么？"

我深深地吸了口气，我能告诉她多少呢？"尼普顿为我们安排了这次旅行，"我说，"他告诉大家这是一次假期，但是……"我停了下来："听着，你要答应我，你不会告诉任何人。"

"当然不会。我以为你知道，你可以相信我。"

"我知道，所以我才告诉你。"我紧张地环顾了一下四周，压低声音说，"这根本就不是一次假期！"

肖娜弯下腰，低声问："那是什么？"

"是去执行一项任务。"

肖娜瞪大了眼睛："任务？听起来好刺激哦！"

我的脑海里浮现出尼普顿的恐惧和他的噩梦。"嗯，"我说，"也许吧。但是听着，他给了我们这个海螺手机，我们可以通过它互相联系，我把我的这只送给你。"我把自己的海螺拿出来给了她。"我们还有亚伦的那只，可以跟尼普顿联络。你可以用这只海螺联系我。只要对着海螺说'呼叫银色'，亚伦的海螺就会亮起来。"

肖娜拿着那只海螺翻看着，问："真的吗？你确定吗？"

我点点头:"有紧急情况就联系我,好吗?"

肖娜紧紧握住海螺,笑着说:"如果我太想你了,或者有一些八卦新闻,我必须和你分享,我就呼叫你,对吗?"

我笑着回答:"完全正确!"

肖娜轻轻地笑着说:"不,我知道它不是用来做这些的。我保证不用它,我是不会给你找麻烦的,但是我真的很开心你能把它送给我。"

"你是我最好的朋友。"我简单地说。

肖娜笑了,伸出双手搂住我的脖子。"你是这个世界上我最好的朋友。"她说。

我知道我不是,尤其想到最近我对她的忽视,但我还是很高兴她依然这么认为。我暗暗地下了决心,如果这次能顺利完成任务,我一定要做个合格的好朋友。

肖娜摆动尾巴,跳入水中。"来吧,"她说,"我们去我家吧!我敢打赌,现在螃蟹饼已经做好了!"

这是这一周我们第一次一起玩,一起聊我们生活中的点点滴滴。我几乎忘记了尼普顿,还有他的噩梦。

星期五的早上来得超级快。

尼普顿约我们在码头边见面。他已经安排了一艘船来接我们,把我们送到等候我们的游轮上。这是一艘丸子形状的半水下潜艇半快艇的小船。如果在平时,看到这样一只小船,一定会让我激动得肾上腺素飙升的！但是今天，我紧张得全身发抖。

亚伦抓住我的手。"一切都会好的，好吗？"他说。

妈妈站在我的另一边，用她的胳膊搂着我的肩膀。"嘿，你们两个高兴点——你们俩怎么看起来不像是去度假，倒像是上战场。"

她真是不可救药地就说出了真相。

"是的，当然了，哈哈。"我从嗓子里挤出了几声干笑，"我就是舍不得离开你。"

"我也是，小宝贝。"妈妈说着把我紧紧地抱在怀里。我能看出她不难发现这些，她只是努力不表现出来。"你很快就会回来了，甚至比你想象的还快呢！不是吗？"

"我们会在你意识到想她了之前就回来的！"比斯顿先生在我们身后打断了我们，"别担心！我会全程陪着他们、照顾他们的。"

我们走到了甲板的尾部，爸爸正好从船下的海水里露出头来。"就是这儿了。"他说。

过了一会儿，小船从水里升了起来，我们刚好可以看到小船的顶部有一个门。

我转过身去，又给了妈妈一个拥抱。当她紧紧抱住我的时候，我假装没有注意到她脸颊上的眼泪弄了我一脸。

接着亚伦和我转过头，沿着台阶下了防波堤。

"喂……等等我！"我转身看到一个人正跑下防波堤，朝着我们跑了过来。她手里全是衣服,还拎着一个散开了的行李箱——是米莉!

"等等我!"她喊道,"我也去!"

她跑到了我们身边,大口地喘着粗气解释道:"阿奇说船上得有人陪同,他给我也弄到了一个位置!是不是很了不起啊?"

"哇,是的,真是太厉害了!"我说,"但是怎么做到的?我不明白。"

"他做得非常好。他说这是他给我的礼物,因为最近我的压力太大了。"

米莉压力太大了!这还是我第一次听说。

"我的噩梦,我最近的新课,还有一系列事情。"面对我的疑惑,她胡乱地解释着,"随便了,你知道他有多浪漫,他总是用这样那样的一些事来打动我,他安排了这一切。我刚才只是为船员们做了几次塔罗牌预测和一两次脉轮疗法,船长说我可以去。"

"米莉,这真是太棒了。"妈妈说,"我真高兴,你能去那儿照看他们,确保他们一切都好。"

比斯顿先生突然剧烈地咳嗽起来。

"很显然,比斯顿先生肯定会尽可能地做好他的工作的。"妈妈马上补充了一句。

"哼,"比斯顿先生说,"我认为我们俩都去保护他们,也没有什么坏处。"

"那当然。"米莉怼了一句,"好了,我们走。"

她把行李箱递给亚伦,在亚伦前面跑下了防波堤。

随后我们进入潜水艇,波浪在潜水艇顶部的门边涌动着,妈妈、爸爸和亚伦的妈妈在不远处谈论着什么。

一个声音打断了所有人的交谈:"全体进舱,准备下潜。"我们关上舱门,坐回座椅。

就这样,经过了一系列讨论、计划、准备,我们终于出发了,前往尼普顿噩梦中的未知世界。

第六章

蓝色的湖

不得不承认,当我们离开尼普顿的潜水艇登上游轮后,我几乎忘记了所有关于这项危险任务的事。

一切都太棒了!这无疑是我见过的最大的船。它有八层高,好几层都有阳台,船顶的阳台上有两个冲浪池和一个游泳池,简直就是一座小城市。在船里面,有一个升降机把你带到各个平台!餐厅提供你所能想到的最多、最精美、最美味的食物。还有客舱——好吧,客舱并不算太大,但是它们既干净又舒适。

我跟米莉合住一间,亚伦和比斯顿先生合住一间。因为米莉最后一分钟才拿到舱位,所以,她被分配住在底舱,一个跟船员们一样的小舱里。米莉就是米莉,她没费多大工夫就搞定了一切,最终她跟我分享了我的大船舱,住在靠近舷窗的床上。我一点也不介意,老实说,一个人住真的有些孤单。

一切的一切都是如此奇妙。如果我们真的是来度假,我觉得自己真想一辈子就这样旅行下去。

"哦,看这个!"米莉说,她正翻看着游轮公司提供的短途旅游宣传册,"海鹰狩猎之旅,这个听起来很不错,不是吗?"

我坐在米莉的床上,趴在她的肩膀上跟她一起看宣传册。宣传册上写着:"跟我们一起深入海鹰的领地——不要忘记你的相机!"还有一张图片,图上二十个人坐在一条小船上,一只抓着一条鱼的雄鹰在他们头顶上翱翔。雄鹰的眼睛乌黑犀利,似乎正穿透纸张盯着我看。我不由得打了个寒战。"不一定能看到吧!"我随口说道。

"哼,也许。"她随手翻看其他宣传页。

"冰川之旅?"当我看到那张图片时,我的心就像是一下子跌入了深渊。那座山、那个湖、那个冰川——我以前从来没有见过它们,但是我知道它们,那就是尼普顿曾经描述的地方。我想说点什么,可是我的嗓子就像突然被一大团冰果酱塞住了。我能做的就是指着这张图片不住地点头,米莉看着我说:"你想去冰川之旅,对吗?"

"沙滩摩托车探险怎么样?"米莉翻过册子建议说。

"嗯!"我点头。

"对我而言,我不确定我喜欢哪个。"她说,"也许比斯顿先生会陪你去。"她舔了舔手指,继续翻看着短途休闲之旅的内容。

我清了清嗓子,终于又发出了声音:"我要去问问亚伦想去哪儿。"我装作若无其事的样子。

米莉合上宣传册。"好吧,亲爱的,"她说,"你走了,我会叫上阿奇。"

"叫阿奇?你什么意思?"

米莉把手伸进她的包里一通乱摸,她掏出了一包纸巾、笔记本、几支笔、一罐奇怪的药片,扔得满床都是,最后她摸出了她要找到东西——一只与尼普顿给我和亚伦一样的海螺,一只荧光绿色的海螺。

"这是从哪里来的?"我倒吸了一口冷气。

"阿奇给我的,"她把海螺抱在胸前说,"对着它说话可以让他不会太想念我。这是魔法海螺。瞧,我们可以通过它交流。"

"可是,这个怎么用?"

"哦,我知道,他有一点淘气,真的。他只允许我在紧急状况下才能使用。但是他说,我们能在一起就是最紧急重要的事。他让我联系他并且随时告诉他我们在做什么。他是不是很浪漫啊?"米莉轻叹道,"他说让我小心使用,还说如果我们只是用来传递爱情信息,可能会给他招来麻烦。"

我努力不让她看出什么。我确实也不想太多地了解米莉和阿奇之间的"甜言蜜语"。

"我知道我现在不能呼叫他,"米莉叹息说,"就像他说的,我必须等到我真正需要时才能用它。"

说着她亲吻了一下海螺,又把它放回包里。

"好吧,"我说,"咱们晚点见。"

我离开了继续收拾东西的米莉,去找亚伦。我们才分开一个小时,各自去取行李物品,现在我已经有这么多需要告诉他的事了:冰川之旅、阿奇给米莉的海螺。他私自把她送来参加这次旅行到底是怎么回事?在我去找亚伦和比斯顿先生时,这个问题一直在我脑海里徘徊着。亚伦他们住在对面船舱尽头的房间。

我在走廊上刚好碰到了亚伦。

"我正要去找你!"我们异口同声地说。

亚伦抓住我的手,拉着我一起坐在休息室的椅子上。"我们得谈谈。"他手里拿着一个短途旅游介绍的小册子说。"看这个!"他一边说,一边翻开了宣传册,"我刚才已经看过这个册子了。"

"我也看到这个了。"我说。

"就是那里,对吗?"

我点点头说:"我敢肯定,就是它。"

亚伦指着这张图片说:"你看到这次旅程的日期了吗?"

我跟着他的手指看,不由自主地张大了嘴:"但是……但是……"

"我知道,"亚伦说,"就是明天,我们只有一天时间做准备!"

"听我说。"当我们三个挤在船中间,等着一条来接我和亚伦去冰川之旅的小船时,比斯顿先生正尽量安静地说,"我们根本没有机会更好地讨论,而且现在我们也没有时间,但是我需要告诉你们几件事。"

我们互相依偎着,认真地听他说。

"我知道这并不是假期。"比斯顿先生开始了,他探究地看着我们俩,我们该说什么呢?承认他是对的,还是否定?如果他是在欺骗我们怎么办?

"你为什么这么说?"亚伦小心翼翼地问。

比斯顿先生有点不耐烦:"看,我们没时间兜圈子,所以我要明确地告诉你们,我知道自己的角色,我不会问你们任何细节,但我会在这儿,好吗?"

我点头说:"好的。"

"尼普顿派你们到这里来是有原因的。很明显,那个原因是我不知道的。我不知道其中的细节,也不会要求你们告诉我。我所知道的是,在你们尽力完成这项任务时,我会尽我所能给予你们一切支持。"

"好吧,"我谨慎地说,"继续。"

"我知道你们必须离开船,你们不在的时候我可能得替你们做掩护。如果你们需要我做什么，就告诉我，只要是我能做到的，我都会去做的。"他停顿了一下，接着说，"我知道，如果尼普顿认为你们两个值得信任，而且你们能够接受他交给你们的挑战任务，那么我也相信你们。"

我一时间竟然说不出话来，只觉得喉咙发干，眼睛里像有什么东西，因为我的眼睛湿润了。

他压低了声音说道："我知道就在这儿，你们必须离开我们。"

"你是怎么知道的？"我问。

他神秘地说："我能得到今天的职位，还能不懂如何察言观色吗？"

什么意思？

我们茫然地看着他，他接着说："从今天早上开始你们俩看起来就表情僵硬，一副害怕的样子，看明白这些并不需要什么高深的学问。"他一边说，一边环视四周。周围的游客们面带笑容谈论着，等着船来接他们去参加下午的旅游。然后他压低声音说："你们该不会参加下午的冰川之旅吧？"

我和亚伦交换了一个眼神。

"好吧，你说得没错，"亚伦说，"我们必须先去冰川，但我们不知道下一步该去哪里，我们必须……"他停下来看着我，然后，红着脸，转向比斯顿先生说，"我不知道我们能告诉你多少。"

比斯顿先生挥了挥手。"没关系，"他说，"我不需要知道。

你们只要记住,你们不在的时候我会做好你们的后勤工作。你有手机吗?"亚伦从口袋里掏出海螺,说:"是的。"

我低下了头,什么也没说。我还没有告诉亚伦,我把自己的海螺给了肖娜。但是只要他有海螺,我们就没事了。

"我也有一个,"比斯顿先生说,"是蓝色的,如果你们需要我的帮助,就打电话给我。我会尽我所能来帮你们。"

我简直不敢相信这是我有生以来第一次很高兴有比斯顿先生在身边。"谢谢你!"我说。

他朝我微微一笑,然后继续说:"小船会带你们沿着峡湾航行。"

"什么是下洼?"我问。

"是峡湾,不是下洼,"比斯顿先生纠正我,"它的发音应该是——xiá wān。"

"好吧,峡湾。那是什么?"

"峡湾就是在山脉之间蜿蜒的狭窄的水域,就像一条细河。它们遍布这里,交织在山脉之间,把湖泊和海洋连接起来。咱们的游轮会在峡湾的入海口把你们放下,然后你们将乘坐缆车到达山顶。从那里你们可以看到最美的冰川景观,希望你们能找到下一步要去的地方。"

"谢谢你,比斯顿先生!"亚伦真诚地说。

"你们知道这里的水非常冷。我想尼普顿应该已经为你们准备好了你们需要的东西,对吗?"

我摸了摸口袋里的东西,把尼普顿给我们的瓶子攥在手里。
"我们准备好了。"我说。
"你们带装备了吗?"
"吃自助餐时我拿了几个面包卷和一些水果。"亚伦说。
"我还带了一瓶水。"我补充说。
"出发吧!"比斯顿先生说完很突然地立正站好,我几乎以为他要向我们敬礼,接着,他伸出一只手。那一刻,他看起来好像要和我们握手。也许他突然想起我们还只是孩子,而不是精英和训练有素的特工人员,所以他改变了主意,举止笨拙地拍了拍我们的胳膊。

"尼普顿知道他在做什么,"他说,"你们会没事的。"

我不确定我是否能相信他所说的这两句话。但是,当游轮侧面的一扇大门打开,一艘小船被放下来时,我决定把他的话当作我的符咒:尼普顿知道他在做什么!我们会没事的!

如果我在脑海中一遍又一遍地重复这句话,最终我可能会相信这些都是真的。

小船平静地沿着峡湾冰冷的水面滑行着:这是一条如此狭窄、如此曲折的河流,我们仿佛穿梭在世界的一条狭缝中。峡湾两边高大陡峭的山峰插入湛蓝的天空,每一座山峰的山尖上都覆盖着一层薄薄的白雪。峡湾两边是参差的岩石和深绿色的森林。

不时地，有一条瀑布从山间的裂缝里喷涌而出，被山岩阻挡分叉的水流飞溅到下面的水池中。在这些雄伟的山峰旁边，我们的船显得异常渺小。我从来没有见过眼前的这种景象，甚至有那么一会儿，我都忘记了我们来这里的目的，整个人都陶醉在这美景之中了！

"准备好了吗？"亚伦轻轻地推了推我，指着我们前面的一个码头说。在码头的后面，两条索道和索道上的一根电缆一直通向一座陡峭的山峰。"看来这就是我们的停靠站了。"

船停靠在码头边，我们随游客蜂拥而上，坐进了那辆等着载我们上山的缆车里。我和亚伦坐在缆车的前面，慢慢地看着我们下面的世界变得越来越小，越来越远。我们看到远处我们的船停靠在岸边，它看起来就像个玩具船。当整个峡湾的景色在我们眼前展开时，蜿蜒的河道就像是巨人的手指穿过了陆地，它伸进了裂缝，伸进了山涧，在狭窄、弯曲的山岩中隐藏了起来。

我们周围的游客来回走动，互相推挤着拍照。我俩十指相扣，安安静静，紧紧地依偎着坐在一起。

缆车终于到达了山顶，游客们纷纷从车厢里拥了出来，冲向山顶的观景台。我们俩避开人群，朝着山顶的另一边走去。

我们来到了山顶的另一边，眼前的景象让我大吃一惊。眼前是另一个峡湾形成的一片水域，这条峡湾把我们跟附近的山脉隔开了。群山看起来就像是一个环。远处的山峰被冰川覆盖着，看起来就像一条巨人的舌头，一直伸向山下，就好像要伸出来舔下面的什么东西——山下应该是一个湖，但从我们所在的位置根本看不到湖。不过我们能看到的这些就已经足够证明，这里就是尼普顿要我们找的地方，而那个湖就是尼普顿所描绘的——山脉的中心。

如果之前我还在怀疑尼普顿记忆中的梦境是否真的存在，但当我看到冰川的那一刻，所有的疑虑全都消失了。我转向亚伦说道:"我们怎么才能到那儿去呢?"

"我们得先找到一条走下这座山的路,然后游过下面的峡湾。也许我们会在某个地方找到那个山中的一个缺口,然后就能到达湖边。"

"如果我们找不到呢?"

"如果我们到不了,我想我们就得设法爬到其中一座山的山顶上去了。我们先到了那里再想办法,好吗?"

我点了点头。我们并没有更多选择的余地。

我回过头去看看有没有人注意到我们。谢天谢地,他们都站在观景台边,忙着互相拍照,并没有人注意到我们。

"我们走吧,"亚伦说。我们假装漫不经心地避开了还在四处取景、惊声尖叫和指指点点的人们,向山顶另一端走去。通往山下的路看起来相当陡峭——特别是靠近山脚的一段。从山顶往下看,这条路似乎在离水面很远的地方就终止了。最后的一段,我们可能要直接跳进水里了。

当我们沿着岩石小道前行时,我祈祷尼普顿给我们的药水在我们入水后能起作用。如果它没有用,我们俩都会由于体温过低在几分钟内死掉。

"就是这里了。"当我们俯视清澈湛蓝的海水时,亚伦的声音有些颤抖。这是我第一次看到他对下水感到紧张。通常情况下,他都是迫不及待地就跃入水中了。当然,他也不会靠着一个装着魔法药水的小玻璃瓶就去做摆明了是去送死的事!

"来吧。"我说。这一次,我先走到了悬崖边。我拿出我的瓶子,纵身跳进了水里。入水的瞬间那种强烈的感觉几乎使我的心跳都停止了。我努力迫使自己坚持住。我的牙齿不由自主地咯咯作响,我以为我的下巴都要冻僵了。我把瓶塞从瓶子里拔了出来,把液体倒在手里,在我的尾巴形成后,把药水洒在了我的尾巴上。快一点!再快一点!

一秒钟过去了,什么都没有发生。

不会吧!尼普顿给我们的药水没有用!我们就要冻死了!

但接下来的一秒钟,我感觉到了一些变化。我不再感到惊慌了,它起作用了!我的牙齿不再颤动了,身体暖和起来了,我的尾巴能在水中摆动了。它起作用了!

过了一会儿,亚伦出现在我身边。"哟!"他说,"很高兴那种痛苦的感觉结束了。"

我们一起游到峡湾的另一边。这里的水和我去过的其他地方的水完全不同。水如此清澈,以至于我们感觉就像是在液体玻璃中游泳,而这里的海洋生物也是我以前从未见过的。奇特的水母,形状就像天使,它的头是橙色的,还有一个散发着荧光的身体,细小的伞状体在背后不停地扇动着;红色的海星躺在我们下面的海底沙滩上,像幸运星一样成群地聚集在一起;一些透明的,看起来像点亮的灯泡一样奇怪的、水滴状的生物跳动着向我们游来,亮黄色的骨架在它们充满泡沫的身体里发着光;巨大的蝠鲼掠过海床,在它们呼啸而过的时候,拍打着斗篷般的鱼鳍。

周围一片寂静。周围的一切都静悄悄地向后移动着。唯一的声音就是我们朝着山边游去时尾巴的摆动声。

终于,我们游到了峡湾的另一边,从水里爬出来,坐在一小片满是岩石的海滩上等着我们的腿变回来。不一会儿,我的极地防寒裤和我的腿一起回到了我的身上,我把外套紧紧地裹在身上。

亚伦站起身来说:"来吧,我们看看能不能找到一条穿过这座山的路。"

我们徒步走过了一片海滩,想找一条路穿过这座山,海水沿着海岸线一直延伸到裂缝中,我们找不到任何可以穿过这座山的道路。山脉周围所有的洞穴都很浅,所有的水道都无法通往山体中间的内湖。看来我们只能爬过这座冰雪覆盖的山才能到达内湖。我不确定我们是否能做到。

"我们能休息一下吗？"我问。我坐在一块平坦的大岩石上，岩石前面是一个被海水灌满了的裂缝。

"你说得对。"亚伦坐在我旁边说，"爬上这座山会消耗掉我们所有的体力。我们应该先补充一点能量。"

出于某种原因，谈到补充能量，我突然想到了我们的海螺手机。我还没有告诉他，我把我的海螺给了肖娜，也许现在是个好时机。

"亚伦，我有话要对你说。"我说。

"是吗？我也有话要对你说！"他看上去像是松了一口气，"你先说。"

"好吧，那么……嗯，你记得我们曾被告知不能告诉任何人这项任务，对吗？"

亚伦点点头。

"嗯，我没有告诉过任何人关于这项任务的细节，但是我把海螺给了肖娜。"我没敢看他的脸，担心他会生气。我飞快地接着说："最近我几乎没怎么跟肖娜见面，因为你和我……我很想念她，我不希望因为咱们俩，我和她变得疏远，所以我想送给她一点东西，我……"

"爱美丽，"亚伦把手放在我的胳膊上，"没关系，我明白。"

"是吗？你明白？"

亚伦笑了："当然。不管怎样，我们还有我的电话。尼普顿永远也不需要知道这些。"

我终于舒了口气。"谢谢你!你真是太好了,太可爱了!"我不假思索地说出了自己的心里话。但是为了掩饰我的尴尬,我又连忙补充问:"那么,你呢?你要告诉我什么?"

亚伦有些尴尬地在岩石上走来走去,他的脸涨得通红,不敢看我。

"亚伦?"

他的手不安地在膝盖上来回摩挲。"听着,我告诉你是因为我不想对你隐瞒什么,好吗?"

"好吧。"我紧张地说。

我什么都没想,只是想快点知道这件让我很好奇的事,但是我的脑子却有些发懵。

"亚伦,是什么事?"我此刻真的开始担心了,"不管是什么事,我都不会生气。"

"你保证?"

我真的能保证没事吗?"拜托,请告诉我吧!你吓到我了。"

"瞧,可能什么都不是……"

"亚伦,快告诉我吧!"

"好吧!你还记得音乐会的那个晚上吗?"

我记得音乐会的那晚吗?就是我们把人类和人鱼世界结合在一起的那个晚上?就是亚伦吻我的那个晚上?那是我一生中最美好的夜晚!我当然不会轻易忘记的!

"是的,"我害羞地笑着说,"我记得。"

"嗯,就在音乐会之前,我经历了一次奇怪的谈话。"

"和谁的谈话?"

"和阿奇的谈话。"

"阿奇?"

"当时我并不认为这很奇怪,"亚伦继续说,"但是……嗯,你注意到他最近表现得有点古怪吗?"

"不只是有点古怪!他怎么了?"

"我不知道。但是现在的这一切,让我对那天的谈话产生了疑虑。尤其是当尼普顿告诉我们,关于我们的力量的事。"

"亚伦,你能不能不要说我听不懂的话?"我说,"你想告诉我什么?"

亚伦继续用手摩挲着膝盖,他没有看我,说:"他说,我应该亲你。"

"他说什么?"

那几天他一直在取笑我,问了我一些你是不是我的女朋友之类的问题。亚伦的脸涨得通红,几乎变成了紫红色。我说我不知道。他说只有一种方法可以证明——那就是我尝试着吻你!如果你也有同样的感觉,就能证明。

"然后呢?"我努力地从牙缝里挤出了几个字。

"他总拿这件事开玩笑,还不停地调侃我,问我是否还没有吻过你。后来,在音乐会的那天晚上,他说这个时机再完美不过了,甚至跟我打赌说——如果我能做到的话,他就会给我十块钱。"

我一下子从岩石上跳了起来,转身就走。我一点也不愿意听到这些!

亚伦也跟着站起来了:"爱美丽,等等我!"

我转过身来面对着他说:"原来你吻我是为了打赌!当时我还在想,那是多么美妙的一个夜晚啊!如此浪漫,如此完美……一直以来,我……原来,你只是为了赢十块钱才那样做的!"

"并不全是那样的。"亚伦说。不全是那样吗?我多希望他告诉我:根本不是那样的!但他并没有这样说。

"你那么做,并不是因为你想做才做的!"我说,"你那么做,只是因为阿奇逼你做的,你只是想证明你是个大人了!好吧,我希望他付钱给你了。"说完,我转身就要走开。就在我转身时,被脚下的石头滑倒了,亚伦忍不住笑了。

我停下脚步,说:"你觉得这些都很有趣,是吗?"

"不,只是……好吧,事实上,如果你想一想,这确实挺有趣。"亚伦说,"我的意思是,在那之前我确实还没有——你知道——想要吻你,确实是阿奇让我有了那个想法。"

我盯着亚伦:"所以说你根本就没有想过要吻我,直到有人愿意给你十块钱,你才那么做的?"

我回想起那时我的感受,几个星期以来我一直渴望被他亲吻。可是现在,羞愧和尴尬的感觉让我恨不能当场去死!接下来我最好能做的事就是把他带给我的羞辱变成愤怒,厉声地告诉他:"下次如果再有人给你钱,让你去戏弄人,别来招惹我!"

"噢,爱美丽,别这样!事情不全是这样的!"

"我什么也不想听。"我怒气冲冲地走向崎岖不平的海边,爬上了那些参差不齐的岩石。他怎么能这样对我?他怎么可能这样做呢?我怎么会这么傻?我以为我们之间有不一样的感觉,其实他一直在背后嘲笑我,吻我也只是为了赌一把!

我翻过岩石,拼命想离他越远越好。我不想让他看到我的脸,也不想让他看到我的眼泪正顺着脸颊往下流。这是愤怒的眼泪,并不是难过,我有的只是愤怒。

在岩石的另一边,有另外一个入口。潮水已经退下去了,我从岩石上爬下来,跟跟跄跄地走过一片鹅卵石。

就在岩石和鹅卵石之间,我发现了那个洞穴:洞口比我高,大约是我宽度的三倍。被潮水常年冲上来的岩石遮盖着,直到潮水退去才能显露出来。我走进岩洞里面,凝视着黑暗。再向前走几步,我就完全被包围在黑暗之中了——但是洞穴还在继续向里延伸。它好像一直能穿过这座山。也许这正是我们一直在寻找的路!

当时,我最不想做的事情就是回去和亚伦说话,但是我们还有需要完成的任务。我们越快把事情办完,就能越快回到家,我就再也不必和他有任何关系了。

于是,我原路返回到岩石边。亚伦站在岩石的另一边,正把石头往水里扔。他转过身来看到了我。

"爱美丽，求你了，我们别这样，这样做太傻了！"

太好了！现在他说我比其他人都傻！我抑制住了愤怒的冲动，尽可能地维护自己的尊严。"我不想谈这些了，"我平静地说，"我很高兴你告诉了我真相，所以我们都知道接下来我们该怎么做。"

他张开嘴想说什么，但在他有机会说话之前，我继续说："事实上，除了任务，我不想再跟你谈任何事情了。继续做我们来这里该做的工作，忘掉其他的一切，好吗？"

亚伦只是盯着我看，我不知道他在想什么。如果他现在和我争论，如果他求我听他解释，告诉我这一切都只是一个很大的误会，我想我会当场原谅他的。但是他并没有——好吧！那只能证明我现在所做的都是对的。

亚伦重重地叹了口气："好吧。"

我努力不让他看出我有多么失望！一切就这样解决了。我没有弄错。亚伦只是为了赢得打赌才吻了我，这一切对他来说毫无意义！嗯，知道这一切也是件好事，是时候把它抛在脑后，继续完成我们的任务了。

"很好，"我说，我的声音中不带任何感情，"现在，跟我来。我想我找到了一条可以穿过这座山的路。"

我们进入了隧道，亚伦在前面带路，走得越远，隧道里就越黑。如果不是因为刚刚发生的事情，我肯定会跑过去抓住他的手,尽可能靠近他。但是现在,我努力跟他保持着距离,紧紧闭着嘴就像我身上紧紧拉住拉链的外套,在湿冷的黑暗中艰难前行。

正当我开始怀疑我们是否走错了方向,应该放弃并转身时,亚伦的声音在我前方响起。

"看!"

我凝视着黑暗,不知道他让我看什么?

"向前看!"亚伦大喊,"是光!"

他说得没错!我看到了一点点微弱的光。希望激励着我们继续前进,我们加快脚步,艰难地穿过这条满是积水和回声的隧道。

渐渐地,光斑变成了一个小圆圈,然后变得有足球那么大了。最后,岩洞豁然开朗,我们看到了外面的一切。我们终于找到了出口,成功地从山里穿过来了!

当我们彻底走出山洞时,亚伦转过来对我说:"我们找到了!"说着,他张开双臂朝我走来。

"你想干什么?"我抱着胳膊说。

他垂下了双臂说:"我以为我们……"

"哼,你有没有搞错!"我厉声说,"你以为我会忘记你告诉我的一切,然后像什么都没发生过一样投入你的怀抱吗?你以为我还会再相信你吗?"

亚伦站在那里看着我,脸涨得通红,就好像被我扇了一耳光。我并没有退缩,只是转身离开了他。不应该在这里的是他,不是我!

"让我们继续做我们应该做的事吧!"我缓和了一下语气,说,"从现在开始我们把过去的事情都忘了,好吗?"

亚伦闷闷不乐地点了点头:"好的。"

我们在崎岖不平的地上摸索了一阵,终于找到了一条离开山洞的路,洞口的阳光显得格外耀眼,我揉了半天眼睛,然后才能看清楚四周的环境。

这里的景色真是令人叹为观止。在我们的周围,群山巍峨地矗立在午后明媚的阳光中。山峰的顶部覆盖着一层白雪,好像有人漫不经心地在它们身上撒上了一层糖霜。

一朵云低低地压在其中一座山的山顶上,像一顶帽子罩在山顶上。另一座山上一条瀑布从半山腰倾泻而下,一路向下分成了五股细细的白色水流,看起来就像分了叉的闪电。

在群山环抱之中,有一个湖。

所有山脉底部的岩石都呈现出不同的颜色。山脉最底部的岩壁是深棕红的。这应该是潮汐的标志,看起来这里的湖水过去比现在高很多。

我们走到了湖边,我们眼前是我此生见过最平静的湖。如果有人告诉我眼前的其实是一面圆镜,并不是湖,我也会相信的。周围的一切都是那么宁静。湖水静静地流淌在群山之中,被群山保护着。

一只老鹰从树上飞起来,向我们俯冲过来,就好像在监视着入侵者。它离我们那么近,以至于我都能看到它那双乌黑明亮的眼睛。然后它就那样飞走了,周围的一切又恢复了平静。

我又朝湖边走了几步,向湖中的倒影望去。水中的群山倒影在回望着我,倒影中的群山被白云环绕着,就像天空中白色的毛绒岛屿。

亚伦站在我身旁。他说:"我觉得倒影本身就意味着不一样。尼普顿说它会和现实不一样。"

我环视四周,仔细观察周围的群山,然后回头细看水中的倒影。就在这时,我发现了什么。

"不会吧!"我深吸了口气。"快看!"我指着水中的倒影说,"你看那两座山,山顶上全是雪,看到它们中间那座高大的山了吗?"

亚伦顺着我指的方向看去,"我看到了!"他说。

我转过身来,指着湖中群山的倒影说:"现在你再看这里!"

亚伦呼吸急促地望着我指的地方:那两座山就在那儿,积雪覆盖的样子和它们在湖中的倒影完全一样。但它们之间并没有第三座山!

但是,这怎么可能!

"没错!"

第三座山——我们能清楚地看到的那座山——在湖水的倒影里——它实际上不存在!

这一刻我非常确定,我们找对地方了!

第七章

记忆气泡

  我站在湖边,看着湖中的倒影,想弄明白为什么看不到第三座山,这一切真是不可思议!然而,眼前的景象确实如此。不仅如此,它也应验了尼普顿的预言。尼普顿说我们会看到这个景象。

  接下来该怎么办呢?

  亚伦招手叫我过去:"爱美丽,你来看看这个。"

  我走过去想看看他在看什么。他指着我们面前的水面说:"你看我的倒影。"

  我顺着他的手指看,他的倒影就在他前方的水面上。"有什么不妥吗?"我问道。

"你看我的眼睛。"我盯着倒影中他的眼睛,只见他的眼睛到处瞟来瞟去:环顾群山,从湖面望向我们头顶的蓝天,四处张望。

"你别再四处张望了!"我说。

"这就是问题!我根本没有四处张望!"

我转过身来面对着他,看着他俯视湖面直视着自己的倒影。我回头再看湖中的亚伦,他的眼睛仍在四处张望。

"我不明白这是怎么回事!"我低声说。

"你试试看,"亚伦说,"试着盯住自己的眼睛。"

我直视着自己,但始终无法与自己的目光相遇。我的倒影也像亚伦的一样,眼睛四处张望。

"你还记得尼普顿怎么说的吗?"亚伦说,"他说我们必须盯着自己的眼睛。"

"可是我们办不到啊!"我说。

亚伦犹豫了一下,咕哝着:"如果我们手牵着手会怎么样?"

我的怒气突然间爆发了:"这都是你搞的鬼吗?"

"我做了什么?"

我指了指湖面,厉声说:"这些又是你的小把戏,是阿奇教你的吧?我不知道你是怎么做到的,但是如果你认为你还能再愚弄我,你就大错特错了!"

"爱美丽！听听你在说什么，这太可笑了！我没有耍什么把戏。"在我制止他之前，亚伦伸出手，一把抓住了我的手。我想把手抽出来，但他抓得太紧了。

"快看！"他说着，用另一只手指着湖面。我们的倒影在湖水里闪着微光，水面波动，波纹模糊了我们在湖中的倒影。但是湖里的其他东西都没有晃动。

"看着你的眼睛！"亚伦说。我低头看着自己的倒影，尝试盯住自己的眼睛。我不再想要抽出被亚伦握住的手，转向他问道："现在该怎么办？"

亚伦耸耸肩："我不知道。我们为什么不一起试试呢？咱们都同时盯住自己的眼睛。"

"好。"我低下头看着自己在水中的倒影，试着盯住自己的眼睛。一想到亚伦也在做同样的事，我就感觉胸口像是有一千只飞蛾在飞舞。几秒钟之后，那双盯着我的眼睛变黑了。

"亚伦！"

"坚持住，"他坚定地说，"盯着它。"

我本该看到的眼睛变成了一个不断将我的视线吸入的黑洞。黑洞越来越大，水似乎跟着旋转起来。很快，那个黑洞就占据了我的整张脸，接着是我的身体，然后我和亚伦的倒影都被裹挟在黑暗的旋涡里了。在接下来的几分钟，我们就盯着一个旋转的、冒着气泡的黑色旋涡，这个旋涡把我们的倒影全都吞没了。

尼普顿的话在我耳边响起："你必须正视自己的眼睛，然后跳进去。"

"你还记得接下来我们该做什么，对吗？"亚伦问道。

我点了点头。

"准备好了吗？别放开我的手！"亚伦说。

"我不会的。"我不情愿地回答。

亚伦吸了口气："好的，一、二、三……跳！"

我们手拉着手，完全不知道自己该做些什么，于是深吸了一口气，跳进了水里。

在最初的几秒钟，水是如此冰冷，我不知道尼普顿的药水是否还有用。但是随着我的尾巴的出现，我的身体开始变得暖和起来。

在寒冷的袭击下，我松开了亚伦的手。一旦跳入湖里，我们牵不牵手似乎都无关紧要了。只要跳进湖水中，就打破了魔咒。

湖水是那么清澈，我可以透过湖面看到周围的山。

亚伦环顾四周说："现在该怎么办？"

我摇了摇头："不知道，在周围找找看吧！"

我们游过湖面，寻找任何能为我们下一步行动提供的线索。但是除了偶尔会有一条孤独的鱼穿过长长的海草，水中漂浮着像水晶一样的小冰块之外，周围什么都没有。

"快看这里。"亚伦说道。只见我们面前的水开始像旋涡一样旋转起来。但是当我靠近的时候，我才发现我看到的根本不是旋涡,而是几百个气泡。

这时我才意识到——这些气泡无处不在。这些气泡有的是雨滴般大小的小气泡;有些像我们洗碗的时候,我和妈妈挤着洗洁精的瓶子吹出来的大气泡;还有一些更大的,像足球、沙滩排球那么大;甚至还有的,像在健身房里用到的大健身球那么大。

"你觉得我们能不能摸摸它们?"我好奇地问道。

亚伦没有回答,而是朝着一个中等大小的气泡游了过去,把手放在上面。"呦!感觉像胶水,黏糊糊的胶水。"

我游到他身旁。"这儿,"我说着伸出手去,"接住了!"

亚伦憨厚地笑着,抓住了我的手。

"少来!别想再愚弄我!我还没有原谅你呢!"我说。

他的笑容消失了,但他仍然紧紧地抓着我的手。

我们手牵着手一起游向其中一个气泡,同时把另一只手放在那个气泡上。亚伦说得没错,那种感觉很奇怪,有点像是把手放在了冰冷、变质的蛋奶糊里。但是我没有时间和精力去思考它到底像什么。气泡开始闪烁出耀眼的光芒,过了一会儿,里面开始出现了一些画面和人。

我和亚伦凝视着气泡。只见一对中年夫妇站在一个房间里,房间的墙边有一张沙发,角落里还有一台电视机。电视开着,但他们并没有看电视,他们好像在争论着什么。"他们在说话,"亚伦说,"听听看。"

我仍然用手按着那个气泡,游得更近了一些,试着去听他们在说什么。

"我告诉过你,是我亲眼看到的!你要是不相信我,就去问问巴雷特先生。"那人脸色通红,声音高亢地说道。

他的妻子站在那里摇着头,双臂交叉抱在胸前:"你和巴雷特先生去钓鱼之前,在船上的酒吧里待了多久?"她咬牙切齿地问。

那人叹了口气说:"我告诉过你,我们只喝了半品脱。这跟喝没喝酒没关系。这些都是真的,我们都看到了——那是一条美人鱼。"

我一下子跳开了。这些话就像是从气泡里钻出来扎到了我,就像用电击刺进了我的皮肤一样。美人鱼?他们在谈论美人鱼!这是怎么回事?

"我们再试一个吧!"我说。

我们再次牵着手,向另一个气泡游去,这次是一个较小的气泡。我们再一次把手放在气泡上。瞬间,它幻化成一个场景——一个在我们眼前上演的迷你剧。

两个孩子,一个六七岁的小女孩和一个年龄估计只有她一半大的男孩一起在海滩上玩。

"妈妈,妈妈!"小女孩一边朝着岸上跑去一边叫喊着,"我看见一条美人鱼!"

男孩蹒跚地走在她身后。"我看到了一条美人鱼!"他高兴地尖叫着。

然后一切都不见了,这段视频结束了。

我和亚伦互相看着,都没有说话。他又拉着我游向另一个气泡——这次是一个更大的气泡。我们还像之前那样手拉着手,一起把另一只手放在气泡上。景象又出现了:这次是两个二十来岁的女人坐在一张桌子旁,其中一个蜷缩着趴在桌子上,头枕在放在桌上的双臂。她哭着说:"我受不了!他会在哪儿?他们要对他做什么?"

这个女人的声音听起来有点耳熟。

她抬起头来,转过脸去看着另外那个女人:"我的孩子可怎么办啊?"听到她的话,我才注意到桌子的旁边有一张小床,一个裹着白色毯子的小婴儿睡得很香甜。

旁边的那个女人把手放在她朋友的肩上。"不管发生什么事,我都会在这儿陪着你。"她说,"我会照顾你的,好朋友都会这样做的。"

等等!她的声音也很熟悉!

那个女人从桌子边上站了起来,用胳膊搂住她的朋友说:"谢谢,米莉!我不知道没有你我会怎么样。"

米莉?我按在气泡上的手开始颤抖,眼前的图像也开始变得模糊了。"哦,别傻了,你会活下去的。听着,我们会找到杰克的。"

杰克?我爸爸?两个女人从拥抱中分开来,那个哭过的女人一边揉着眼睛一边转向我们。毫无疑问,这就是我妈妈二十多岁的样子!睡在她旁边的小婴儿——我想,那就是我。

我的手抖得非常厉害,眼前的图像也模糊得无法辨认了。

"亚伦,我不喜欢这些,"我说,"我不明白,这是什么地方?"

亚伦游到我面前。"我也不知道,"他说,"这些似乎是过去的场景。"

"好吧,我想得太多了!"我厉声说。

"拜托,我们能不能……"他碰了碰我的胳膊,我向后缩了一下。

"我们能做什么?"

他半天没说话,直到我不得不看着他。他才说:"我们暂时把其他事情放在一边,我们还是朋友,对吗?"

朋友?这就是我们的关系吗?这就是他曾经想要的一切吗?如果他不是被那个赌注怂恿,我们会怎样发展?

"我不知道我是否还想成为你的朋友。"我说。

"我们能试试吗?为了完成这次任务,拜托了!"

他说得没错,我们不能僵持着,这一切已经够困难的了。看到刚才出现在眼前的一切之后,我觉得我确实需要一个朋友。"好吧,我们试试看。"我嘀咕着。

亚伦的脸上绽放出灿烂的笑容,有那么一刻我真希望他没告诉过我那个愚蠢的赌注。我真希望,我还能继续告诉自己我们在一起有多开心。也许什么都不知道也是一种幸福。

"听着,我有个想法。"他说。

"说说看。"

"我觉得它们是记忆球。"

"没错!每一个气泡都有一段独立的记忆。"

"每当某个人的记忆被拿走,"亚伦挥舞着手臂指了指着周围的气泡说,"这段记忆就会变成这个湖里的一个新气泡!"

"这是一个记忆存储湖。"我说。

"没错。"

我突然想起来:"可是,尼普顿已经解除了失忆药。人们的记忆已经回到了他们的脑海里。"

"并不是全部解除了,只有布莱特港的人的记忆被解除了。"

"但我妈妈就在布莱特港啊!"

亚伦想了一会儿说:"也许那是很久以前的事了,而且这段记忆非常痛苦,所以她并没有恢复那段记忆。"

这听起来还是蛮有道理的。不管怎么说,建一个充满失落记忆的湖,这个想法还是挺有意义的。妈妈非常健忘。尽管失忆药已经不再使用了,但有些真正的记忆还是被封存起来了。

然后我又想起了另一件事:"山上的潮汐尺!"

"那又是什么呢?"

"我觉得那可能是因为有些记忆又回来了。"

"你说得没错！"亚伦说，"当人们回忆起往事的时候，这个湖里的记忆球就会少一点。如果这个湖保存着每个人被遗忘的记忆，也许尼普顿脑海里被取走的那些记忆也在这里。"

"咱们把它们找出来吧！"亚伦说。

"怎么找？"

"嗯，我也不知道该怎么做，但我有个想法。"

"我们为什么不找一些有点特别的气泡看看呢？"我建议，"尼普顿的记忆肯定会比其他人的更大、更特别。"

"好主意。"亚伦犹犹豫豫地向我伸过手来。

我犹豫不决地伸出了手去握住他的手。"记住了，我们只是朋友！"我生硬地说。

我们手拉着手去寻找那颗最大、最壮观的泡泡。

我们又随机找到了几个美人鱼的记忆之后，发现了一个巨大的气泡——它几乎和我一样大。

"准备好了吗？"亚伦问我。我们手拉着手伸出双臂圈住那个大气泡，让它在我们面前摇摆、跳动。

"准备好了。"

我把手放在气泡上。我的眼前立刻出现了一个满脸胡须、身材高大的人鱼，他皱着眉头，眼神愤怒而犀利。他看上去衣衫褴褛，疲惫不堪。

"是尼普顿！"我低声说。

"找到了!"亚伦小声说。

尼普顿愤怒的眼睛眯了起来,好像很痛苦的样子。"救我!快帮帮我!求你了——我受不了了!快点——拜托,快点!一切都太晚了。"他伸出双臂,好像在乞求什么人。跟他说话的人离得太远了,根本看不清,画面上只能看到尼普顿一个人。

"停下来,你必须阻止它!"他的声音那么痛苦,深深地刺痛了我,我几乎无法忍受。

"别让他得到它,"尼普顿大声咆哮,"不能让他得到它。独角鲸——快把它给我,不能让他得到它,否则就太晚了,一切都无法补救了!拜托了!快点!"

图像消失了。我们放开彼此的手,向别处游去。

"这到底是怎么回事?"亚伦问。

我环顾四周。"看,那边又有一个大气泡,我们试试看,好吗?"

我们朝着气泡游了过去,我的胃里一阵抽搐,就像之前明黄色的鱼群从我的身边翩翩游过,蹭着我的身体的感觉一样。这次我们会看到什么?

我们再一次手拉着手,一起触摸那个气泡,看着这一幕又浮现在我们眼前。还是尼普顿,这次他的样子更糟了,他眼睛周围是深深的黑眼圈;一头长发毫无生气;他形容枯槁,一动不动,脸色惨白得像湖边山顶上的积雪。

这次他还是在和一个画面以外的人说话。

"快到那个山顶有洞的山上去！在那里等着，"他说，"在午夜的阳光下，冰就会融化，你要用手接住那些融化的水。"他脸上的表情变得冷酷起来。这种表情在现实生活中出现过很多次。"这是我与生俱来的权力！"他咆哮着，"把它给我拿来！"

接着，图像褪了色，气泡变暗了。又过了一会儿，一个新的场景又出现了。尼普顿又出现了，还有一条人鱼在他面前。这条人鱼说："我抓不到它，我试过了，但我做不到。那水烧伤了我的手。"他一边说一边伸出手来。手又红又肿，有很多水泡，一直延伸到手腕。"对不起，"他说，"真对不起。"

图像又变黑了。我们又等了一会儿。渐渐地，黑色变成了暗灰色。但是这一次，在眼前一片灰蒙蒙中，我只能隐隐约约看到尼普顿的轮廓，就好像那轮廓正在渐渐消失。"一切都结束了。"他说。他的声音在气泡的周围回荡，听起来就像在自言自语。他疯了吗？"他们忘记了还是被冻住了，没人能救我了。我注定要失败了……什么都没有……没有人……"

图像渐渐变黑了，这次再也没有新的场景出现。

我松开亚伦的手，四处搜寻，我们仍然被气泡包围着，但是没有再发现更大的气泡。说实话，这让我感觉安心了一点，我不知道我是否还能承受更多这种令人痛苦的场景。

显然有什么可怕的事情发生在尼普顿身上，难怪他那么害怕自己的记忆，但我们该怎么办呢？我们看到的这一切到底意味着什么？

"好吧，让我们梳理一下我们掌握的线索，"亚伦说，谢天谢地一切都还在掌控中，"现在我们来看看我们看到了哪些线索，听到了哪些线索。"

"尼普顿在某个地方，"我说，"事实上，他是在三个不同的地方，每次的情况都比以前更糟糕。"

"还有什么？"

"这一切都跟水有关。"

"没错，"亚伦说，"一种可以用手抓住的水，还有午夜的太阳。"

"还要找到一座山，山顶有一个洞。"

"尼普顿还说了要把什么带给他？"

"好像是一堵墙，什么的？"我说。

"是，好像是纳尔墙。你知道什么是纳尔墙吗？"

我摇了摇头："根本没听说过。"

"好吧，那我们先找那座有洞的山，怎么样？"亚伦建议。

老实说，找一座山顶有洞的山，听起来并不是世界上最容易做到的事。但是，我没有更好的建议，所以这不失为一个好的开始。

我一边说，一边准备动身。"好吧，咱们试试看吧，除此之外咱们还能怎么办呢？"

当我们沿着原路回到湖边时，我真的不想对这些问题想太多，因为这些问题根本都没有答案。

第八章

午夜太阳之地

我们游到湖边,爬上岸,坐在布满岩石的、冰冷的海滩上,摆动着尾巴,直到感觉我们的腿又变回来了。

"冰川就在那里,"我一边说一边指着湖尽头的冰川,它就像一条冰冷的、巨人的舌头,从山顶一直伸到水里,"我想这里应该就是咱们开始的地方。"

"你怎么知道的?"亚伦问。

"如果咱们想在山上找到水,沿着冰川上去肯定没错。"

亚伦站起来说:"好主意。"于是我们就朝着冰川进发了。

我不知道你是否曾经尝试过在没有冰镐、没有绳子、没有任何辅助工具的情况下爬过冰川，但是让我告诉你，这并不容易。事实上，这几乎是不可能的！

"我们这样永远也爬不上去！"亚伦第五次跌倒后抱怨道。

他的样子看起来很滑稽，要是在其他任何情况下，我都会被他逗笑的。但是，他那气得通红的脸和我也不断摔倒的事实，让我根本就笑不出来。

我猜想我们正在执行的是一项很危险的任务，得有点幽默感才能缓解眼前的状况。

"好吧，咱们试试别的方法。"我在又一次笨拙地滑倒着地后说。

"你有什么建议？"

我环顾四周，说："也许我们需要找到一条绕过冰川的路，而不是试图爬上去。"

"我想知道冰层有多厚，"亚伦说，"这里面全是冰，还是冰层里面就是山？"

"没错！就是这样！"

"就是哪样？"

我说："我们一直以为应该从冰川外面搜索。但是，如果山顶有一个洞，这个洞可能会一直通下来，然后和山里的一条隧道连接起来。"

"就像我们来到这里时穿过的那条隧道？"

"没错！如果我们能找到一条那样的隧道，它像冰川一样贯穿了这座山，我们就有可能会在里面找到那个洞！"

亚伦看起来并不确信。

我皱了皱眉头说："你有更好的主意吗？"

"没有。"他很快说，"我觉得这个主意不错，我们走吧。"

一小时之后，我们什么也没找到。我瘫坐在山脚下一块岩石上。这里正好是湖的边缘，我一边拍打着身边一块光滑的卵石，一边说："好吧，看来这个主意不够聪明。"

"没关系，试试也无妨。"亚伦说着走过来和我一起坐在岩石上。

我低头望着湖水，湖水清澈，几乎可以看到湖底，湖底的地形逐渐变窄，岩石中呈现出明显的"V"字形，"V"字的尖逐渐消失在黑暗中。

等等！

"亚伦，我有个主意，"我从岩石上跳下来说，"我们还是得回到湖里去找答案。"

亚伦疑惑地看着我。

"你看看这些岩石凹下去的形状。"我指了指我们刚才坐的地方说，"它是在接近水面时才变宽的！"

亚伦听完我说的话，眼睛立刻亮了起来。"没错！穿过山的隧道可能在水下！"亚伦笑了，"我们还等什么？"说着他就跳回了水中。

尾巴一形成，我们就摆脱了周围的寒冷，并开始在湖边的岩石中搜寻了。终于我们有了一些发现：就在水线下面有一条极不易被发现的裂缝，裂缝再往里延伸就变成了一条狭窄的隧道。

我们游进了那条隧道。

我们没游多远，隧道就变得更加昏暗了。隧道崎岖蜿蜒，时而狭窄，时而变宽，我们在岩石之间穿来穿去。

我们在离水面很近的水中游着，但过了一会儿，我就感觉我们的下面就是沙滩了。水变得越来越浅，每次我摆动尾巴都能发出摩擦湖底的沙沙声。我们依然没有发现头顶的山上有任何的洞。

我们继续向前游，我的尾巴在沙子和岩石上来回摩擦，水已经浅得不能再游泳了。于是我们只好躺在沙滩上，在一片漆黑中等待着，直到尾巴发出嘶嘶的响声，我们的腿又变了回来。

我站起来，伸手去摸周围，想知道我们在哪里。我的眼睛已经习惯了周围的黑暗，我隐约可以看到潮湿的岩石隧道的边缘。头顶的岩壁离我不太远，我可以看到亚伦就在我面前，他不得不稍稍弯下腰来，以免头撞到上方隧道的岩壁上。

"现在怎么办？"他问我。

"我们继续走吧，"我说，"看看这条隧道到底通向哪里。"

于是我们继续艰难地前行，穿过黑暗、寒冷、回声强烈的山腹，鼓励自己坚持下去，相信坚持下去一定会找到答案。

我们好像已经走了几个小时，情况开始发生了一些变化。一开始我并没意识到那是什么，只是发现周围有形状不同的阴影投射在布满岩石的岩壁上。长长的、弯弯曲曲的绿线附着在岩石的表面，就像人的手臂上布满了静脉血管。形状奇怪的钟乳石悬挂在头顶的岩壁上——有的形状像甜筒冰淇淋，有的像匕首和吊扇。

"亚伦！"我突然惊呼道，"快看！"

他转过身来，我可以清楚地看到他左眼上方的擦伤，他一定是撞到了岩石，脸上满是黑色的淤泥。

"什么？"他问。他突然瞪大了眼睛："我能看见你了！"

"没错，有光从那里照进来了。"

这束光给我们带来了新的希望和动力。有光，就代表一种可能，不对，是两种可能。可能是我们从山的另一边出来了，或者有一个洞让光线照了进来。

可以确定的是，又过了几分钟，又绕过了几个弯之后我们看到了更多的光。

"哇！"亚伦惊呼。隧道变得开阔了，空间几乎有一个圆形房间的大小。就在这个空间的中央，一道光柱从上方投射下来，照射在飞扬的尘土上，就像是舞台上的聚光灯。

我们发现了那个洞，那个山顶上的洞。

其实它并不只是一个洞,它就像一条隧道,正好从我们所在的地方一路向着山顶延伸上去,我们正站在这座山的中心——这座山是中空的!通过洞口我们看不到外面的天空,因为洞的顶部覆盖着一层冰,我们就在冰川的下面。

"现在怎么办?"我看着洞顶射下来的光柱问道。

"我想我们只能等待了。"

"等?等什么?"

亚伦看了看表说:"我们大概需要等三个小时。"

"嗯?"

他把手臂翻过来,给我看他的表,说道:"马上就到九点,你还记得尼普顿在记忆泡里说的话吗?"

"在午夜的阳光下,冰会融化。"

"所以我们只需要等到午夜,然后抓住手中的水……"亚伦的声音变弱了,"然后……嗯……"

"然后我们就不知道了。"我说。

亚伦做了个鬼脸。"是的,差不多。"他说。

"也许我们拿到水,就知道下一步该怎么办了。"

"至少我们有三个小时来思考。"他说。

我坐在一块巨大的石笋上,尽量不让自己太沮丧。如果不是亚伦告诉我关于他们打赌的事,我会很享受和亚伦在寒冷、潮湿中相互依偎在一起的三个小时。事已至此,我只能装作不刻意地坐在离他远一些的地方，盼望着时间能快点过去。

我们就这样坐着倾听洞穴里的声音，水滴滴答、滴答地在隧道深处回响。岩石似乎也在嗡嗡作响，发出低沉、枯燥、不间断的噪音。不时地，有东西在黑暗中跑来跑去，发出沙沙声。我甚至不敢去想"某物"可能会是什么。

"嗯。"过了一会儿亚伦说道，"你知道我跟阿奇的那件事……"

"亚伦，我不想谈这个，"我说，"现在我们有更重要的事要办，就不要再谈论这个了！"我无法忍受他再次提起这件事。一想到他和阿奇的赌注，我就觉得像一把刀子刺穿了我，我不想一次又一次被同样的事情伤害。

"但是爱美丽！"亚伦爆发了，"那只是一个愚蠢的吻！"

"一个愚蠢的吻？"我又一次被那把刀刺伤了。

"我是说这是一个愚蠢的赌注，"亚伦生气地说，"但是这有什么区别呢？不管怎样，现在一切都毁了。你可能是对的。"

"什么是对的？"

"关于我们只做朋友。"他看着我，声音变得更柔和，"我的意思是说，如果这正是你想要的？"

他是想要给我机会，建议我们再试一次，或者是想确认我同意他说的我们做朋友？我不想再冒险了，不能再一次让他践踏我的感情。我没办法再相信他了。

我努力露出令人信服的微笑，撒谎说："是的！我是说，看看我们现在，一切都进展得很顺利，我们做得很好，我喜欢这样!"我强颜欢笑,希望我的笑容看起来不像是有人试图扯开我的嘴巴,把它固定在我耳朵上。当然这些都只是我的感觉。我绝不能让他看出我还想要什么。现在他已经说得很清楚了。

"你确定吗?"亚伦问。

"嗯哼。"我说。

他看上去松了一口气。"那好吧,"他说,"这就是我们要做的。"

我站起来,转过身去。我无法忍受让他看出我那虚假的笑容背后真实的感受:不能做他的女朋友,我很受伤;我们决定只做朋友他一点也没有不开心,我很气愤!

"很好。很高兴这一切都解决了!"我一边尖刻地说,一边把腿上沾染的岩石上的灰尘掸掉,"我想四处看看,一会儿就回来。"

"你要我和你一起去吗?"

我摇了摇头:"不,你待在这儿,我不会去太久的。"

我转过身去,开始进一步探索这个洞穴,并试图阻止随时可能从眼睛里流出的泪水。

最后,就像经过了几天的等待,午夜终于接近了。我们已经吃光了所有的食物,几乎喝光了所有的水。我的肚子咕咕叫着。因为在冰冷的岩石上坐了几个小时,两腿生疼。

我们站在尘土飞扬的光柱边上,等待着会发生什么。时间一秒一秒过得极慢,眼看还有一分钟就到午夜了,我的心怦怦直跳。

"你还好吗?"亚伦问。

"挺好!"我说,"你呢?"

他点了点头:"我只希望这能奏效。"

"是的,我也是。"

然后我们又陷入了沉默。最后的一分钟,午夜终于来临了。

我注意到的第一件事就是,在我们的头顶上方,传来了吱吱作响的声音。

"看!"亚伦向上指,"有情况!午夜的太阳正在融化冰!"

"现在我们要做的,就是在它下落时接住它。"但我有种感觉,这可能不像说起来那么容易做到。

过了一会儿,第一滴水落下来了。它滴答一声落在了尘土飞扬的光柱中央,发出一声清脆的响声。水滴落在地上,又溅了起来,在洞穴周围散射出一道小小的彩虹。一秒钟后,彩虹就消失了,洞穴又恢复了宁静。

"哇!"亚伦说,"这真有点——"

滴答!又一滴,就像第一滴一样,落在了地上,一滴一滴地滴落。

"嘿,我想——"滴答!

亚伦咬紧牙关,跃跃欲试地说:"来吧,我们得接住其中一滴。"

我试着伸出手去接水滴,但一滴也没接住。它们不会每次落在同一个地方,所以很难判断下一滴水会落在哪里。

亚伦走进光柱的中央，伸出双手。

我屏住呼吸等待着。一滴水滴正好落在他伸出的手掌上！

"接住了！"他喊道。过了一会儿，他从光柱里跳了出来，紧紧抓住自己的手，转过身来。"哎呀！我的手被烧伤了！"他一边跳一边甩着手，"好烫！好烫！"

"快，过来。"我把他拖到洞穴里一个狭窄的地方，那是我之前发现的，在几块巨石中间有一个小水池。亚伦把手伸进水中，立刻就平静了下来。

过了一会儿，他把手拿了出来。他的手又红又肿，手掌上的皮肤脱落，被烫出了水泡。

"怎么回事？"我问道。

亚伦摇了摇头。"这不是普通的水，它有某种魔力。还记得我们在湖中看到的记忆泡吗？那个仆人告诉尼普顿他想抓住水，但烧伤了自己。"

我从口袋里拿出水瓶。"咱们试着把它装进去。"我建议。

"尼普顿告诉他的仆人，必须用手接住它。"

"但我们不能接！"我坚持说，"所以我们得试一试。"

"好吧，让我来吧。"我还没来得及争辩，亚伦就拿起瓶子，又站在了光柱的中心。几秒钟之后，水滴就滴了下来。他一下子就把它接到瓶子里了。

"接住了！"他笑着说，一边把瓶子拿来给我看。可是，当我们一起看那个瓶子时，他的微笑消失了。水滴烧穿了塑料，在塑料瓶底上烧出了一个洞。

亚伦的脸看起来跟他的手指一样满是伤痕,我真想把他的手握在我的手中亲吻,让它快快好起来。但是,为了避免自己的冲动,我快速地走开了。

有个想法突然击中了我!握住亚伦的手——还有魔法!我们怎么会这么蠢!

"亚伦!我们必须一起做这件事!"

"不行!"亚伦立刻说,"我不会让你经历这些的,太可怕了!"我看着他,心想:也许他是真的关心我,也许是有那么一点。

我很快把这个想法抛之脑后,以防自己真的相信了。"我们必须手牵手一起来做这件事。这不是魔法吗?尼普顿的魔法。如果我们手拉着手,也许我们能安全地抓住水。"

亚伦想了一会儿:"我不知道,只是这种感觉真的非常、非常疼!如果你被它烫伤,我会……"

"亚伦,我们没有别的选择,"我说,"你也别无选择,我们来试试!来吧!"

他跟着我回到了光柱前。水滴的速度已经变慢了。"我们得快点,"我说,"不知道这还能持续多久。"

我轻轻地握住他被烧伤的手。"用另一只手来接。"我说,"来吧,我们一起一定能做到,你知道我们可以的!"

最后,他勉强地点了点头:"好吧!"

我们深吸了一口气,然后一起走进光柱里,伸出手来等待着。

第九章

三颗魔法水晶

我顺着这条垂直的隧道往上看,我们头顶的天空是灰蓝色的,太阳光在头顶的洞口边缘跳动着,融化着我们头顶上的冰,使得洞口越来越大。洞外的阳光如此明媚,我始终无法想象现在是午夜。

接下来几乎是慢动作,我看到了它——一滴水!它正在向我们滴落下来。我紧紧抓住亚伦的手,说:"它滴下来了!"他抬起头,也握紧了我的手。我们用伸出去的手做成了一个大杯子。

水滴直接滴到了我们的手掌上。

我屏住呼吸,等待着灼热的疼痛袭来,但并没有发生。相反,水滴在我们手中滚动,变硬,最后变成了冰,结晶成了更美的东西。它最终停在了我的掌心里。

"哇,它看起来就像钻石。"亚伦说。

我凝视着这块晶体,被它的美丽迷住了。

"看——又一滴!"

我抬头看时,正好看到第二滴水落在了我们的手掌上。这一次,它滚落到了亚伦的手里,跟我手中的一样晶莹剔透。

水滴再次滴落,我们最终得到了三个小晶体。我们又等了几分钟,但是再也没有水滴落下来。

"我想一定是这样,"亚伦说,"现在已经过了午夜。"

"我们是不是完成了?"我问。

亚伦紧张地咬着嘴唇,说:"我想我们现在应该是完成了。"

可惜的是,我希望不要就这样结束。我真想大声说——不管怎样,不要现在就结束!

"我们先把这些晶体放在别处吧!"我说,"这样,如果我们的魔法消失了,我们的手不会被烧伤。交给我来拿吧!"亚伦把他的水晶给了我,我拉开拉链,把三块晶体放进我的外套口袋里。然后我转过身问他:"你准备好了吗?"

"准备好了。"亚伦说。

我屏住呼吸,松开了握在一起的手。

但是,什么都没发生。我拍了拍我的口袋,看水晶是否还在，它们在那里。它们是安全的，更重要的是，我们也是安全的。

"好吧，我们离开这里。"亚伦说。

"好的。"我环顾四周，向左看，向右看，向前看，向后看，一切看起来都一样！到处都是隧道，每条路都是相同的——只是每一条通向不同的方向。

"走哪条路？"我问，尽量不表现出惊慌来。

亚伦指着一条隧道，自信地说："那条！"然后他又不太确定地补充说："我觉得应该是。"

我们朝着他建议的方向出发了。"我们不妨试试看，"我说，"如果是错的，我们还可以回来再试试其他的路。"

亚伦跟着我。很快我们又走回到黑暗中。我们根本无法知道这是不是正确的方向。

接下来，一件奇怪的事情发生了，附近的某个地方发出微弱的光芒。我们上面还有一个洞吗？

我抬起头，但是什么也没有看到。

然后，我不经意间一低头，就看到了，那是我的口袋——那些晶体在闪闪发光。

我把其中一块拿了出来，它好像是一支点燃的蜡烛。它的光足够让我们看到前方的一小段路。我们小心翼翼地穿过隧道，我把晶体像老式油灯一样举在面前。

我们走了好久才停下来。"我觉得这条路不对，"他说，"我们在进去的路上遇到的转弯比这条路多。"

"你确定吗?"

"不太确定。"

"你有什么想法?"

"我觉得如果我们一直走到这条路的尽头,然后再回头,就太浪费时间了——因为我们根本不确定这条路到底对不对。"亚伦回道,"我们再往前走一点看看!"

我们沉默着继续向前走了一会儿。但我们走得越远,我就越觉得亚伦是对的,这条路感觉不对。不仅感觉不像我们之前走的那条路,而且感觉我们是在往山的更深处走,而不是在寻找出路。我不喜欢这种感觉。

我不喜欢的另一件事是,越来越冷了,超级冷!当我想跟亚伦说点什么的时候,我的牙齿一直在打战,几乎张不开嘴了,这时我才意识到这儿有多冷。

最后,我终于喊出了声音:"啊,亚伦!"

他停住脚步转过身来。在水晶的映照下,他的脸像雪一样白。"怎么了?"他问道。他的嘴唇看起来都冻紫了。

"好——好——好冷!"我说。

"我也是,我觉得我们应该往回走了。"

"我同意。"我举起水晶,然后我们转身开始往回走。这时我们面前出现了我在来这里的路上没有看到的情形——隧道里的岔路口。我不知道我们是从哪条路走过来的。一阵恐惧袭来,那感觉就像一支冰冷的矛刺穿了我的胸膛。

"应该是这条路。"亚伦指着我要选的那条岔路对面的一条路说。

"我觉得是这条。"我指着另一条路说。

冰凌像藤蔓一样沿着我的腿和胳膊向上伸展开来，这使我充满了恐惧。我们迷路了！被困在冰川覆盖的山腹中，一个寒冷、潮湿、黑暗的地方——甚至没有人知道我们在这里。

亚伦在口袋里摸索着。

"你找什么？"

"我要联系尼普顿，"他说，"他说过如果我们遇到什么情况就告诉他。"

"他说如果我们有任何线索就及时告诉他，如果我们把任务搞砸了，或是在这个过程中迷失了方向，不要给他打电话。"

亚伦停下来不再翻找了。突然他眼睛一亮，又开始在口袋里摸索。"比斯顿先生！"他说，"他明确告诉我们，如果我们遇到麻烦一定要联系他，他会帮助我们的。"

为了不打击亚伦的热情，我不想告诉亚伦，我用一只手就可以清楚地数出比斯顿先生帮助他的次数。坦白说，我也没有更好的主意了。

"海螺哪儿去了？"亚伦咕哝着，"我受够了，我肯定带在身上的！我一定能找到！"

"你的海螺丢了吗？"

"看起来是这样的,"他绝望地说,"我一定是把它丢在了什么地方。"

刚才那一刻的希望消失了,就像早晨的露珠——根本无法控制,很快就消失在虚无之中了。"太棒了!"

亚伦瞪着我。"好吧,至少在我们到这儿之前我没有把它送给谁!"他厉声说道。

过了一会儿,他朝我走了过来。"爱美丽,对不起!"他说。"不,你说得对。我做了件愚蠢的事。"

"听着,这没关系。我们现在没有别的选择了。我们只要不断尝试不同的路线,就能找到出路,我们就胜利了。好吗?"

"嗯!"我咕哝着。

亚伦托起我的下巴。"好吗?"他更坚定地重复了一遍。

"好吧!"我同意了。

"这就对了,你挑一条路吧。"他说,"哪一条?"

我犹豫不决地指着其中一条隧道,我觉得我们是从这条路走过来的。"那就让我们先试试这条路吧!"

"好吧,这才是我们现在应该做的!"亚伦坚定地说。他表现出的责任心让我想给他二十个吻,能重新跟他做朋友的感觉真棒。"我们向前走一百步,如果没有什么东西看起来熟悉的话,我们就回头再试试另一条路。"

这绝对是一个值得一试的好计划,所以我同意了,于是我们再一次进入了黑暗之中。

八十四、八十五、八十六……我边走边数着自己的步数，几乎可以肯定的是，我们走错了方向。我正要说出我的想法，隧道在我们面前拐了个弯，有什么东西出现在了我们前面。它看起来就像是个雕塑，是一栋冰造的房子。

亚伦一看到它就停下了脚步。"这是什么？"

"这看起来就像是警卫的小屋。"我说道。它有一个尖尖的顶，三面是实心墙，第三面墙上有一个拱形的开口。

亚伦说了些什么，但我没听清。我望着冰屋的另一边——眼前的场景无法用语言形容。

"亚伦。"我低声说。

到处都是雕塑。冰桌子、冰柱子、冰做的枝形吊灯，甚至还有冰人——或者说是冰脑袋，因为我们并没有看到他们的身体。

眼前的一切就好像有个冰雕团队在这里生活了很多年，在消失之前还在工作，匆忙中只留下了他们的作品。也许当时发生了什么事情，我实在想不出其他解释。

亚伦低低地吹了一声口哨。

我又向前走了几步，俯下身去看那些雕像。我突然意识到一些之前没看出来的问题。

"这些雕像……"我说话的声音像我的膝盖一样在不停地颤抖。

亚伦朝我指的方向瞥了一眼:"但他们是……"

我看着他说:"我知道,他们都是人鱼。"

我们凝视着这些人鱼雕像。他们很真实!有一些塑像坐在巨石上,另一些则是身体水平的,尾巴舒展着,仿佛在海水中游泳一般。他们的尾巴呈现出摆动时的样子,他们的脸是那么逼真。

他们似乎都被某种光泽包裹着。"他们到底是怎么做到的?"我问道。

亚伦指着雕塑上的光晕说:"快看,这是波浪形的,就像海面的波纹一样。"

这一切就好像雕刻家创造了一个完美的人鱼世界,甚至连同海水都雕刻了出来。但是,怎么会有人创造出如此神奇的艺术品,却把它藏在这样的一个地方呢?

我俯身向前,把水晶举在我面前,想让它更好地照亮雕像,好看得更清楚一些。我正要再往前走一步时,亚伦在我身后尖叫了起来。

"爱美丽!小心!"

他抓住了我外套的后摆,一把把我拽了回来。就在他拽我的时候,水晶从我手里掉了下去。

"你干什么——"我一边说一边往下看,这时我才意识到,我们就站在悬崖的边上!

水晶还在下落——如果不是亚伦一把抓住了我,我就会跟着水晶一起掉下悬崖。当我盯着下落的水晶看的时候,我突然注意到就在我们的面前,在正中间的地方还有一尊最大的雕像!

"亚伦!"我大声喊道,"快看这个!"

他顺着我颤抖的手指望去。"但是……但……那是……"

那种感觉就好像寒冷的冰滑进了我的喉咙、我的胸口、我的胃——整个把我冻透了!我们所看到的一切不需要任何解释,完全不需要。

在我们下面,是你能想象到最精致、最完美的雕塑,比任何人见过的都更逼真的尼普顿。

第十章

完美的冰雕

我们呆呆地站着,盯着被水晶照亮的尼普顿塑像。水晶仍然在发光,落在雕像上映出一片朦胧的光泽。

"爱美丽,这让我感觉有些毛骨悚然。"亚伦小声说。

"我也是,我们走吧。"

我们转身往回走,但是我们没走出两步,什么东西促使我们停下了脚步。那是一种吱吱作响的声音,有点像洞顶的冰开始融化时我们听到的那种声音——只是声音要大百倍,而且它是从下面传来的。

我回头看过去,就在闪闪发光的水晶落下的地方,冰开始融化了。水晶在晶莹剔透的"冰海"中烧出了一个洞,接下来水晶融入冰层,在冰层里闪闪发光。水晶逐渐在冰层里融出了一口井,里面的雕像开始出现一些奇怪的变化。离水晶最近的塑像开始融化了!

"这可怎么办?"亚伦的声音听起来有些惊慌失措,我以前从未听见他这样。

"我不知道!"我说道。我只想逃离这里,想尽快离开这儿,我真希望能把时间倒转回去,一开始就不接受尼普顿交给我们的这项疯狂的任务。但同时,我发现自己根本无法挪动脚步,我根本无法把目光从正在发生的事情上移开。

一点一点地,晶莹的冰变成了水。几分钟前雕刻得异常精美的人鱼开始扭动、伸展并摆动尾巴。雕刻出来的鱼也活了起来,并开始在周围融化的水里游动起来。

很快,水晶周围的冰被融化成与它形状相似的一口井。在冰层中形成了一个巨大的、参差不齐的水滴,大到足够六七条人鱼和数不清的鱼在里面游动。

融化似乎停止了。除了这个水晶形状的井,还有散布在周围的一些细小而零散的小水泡之外,周围的一切都还是冰。但水晶状的井里的场景就非常不同了。人鱼们游来游去,相互拥抱、握手,欢快地大笑。鱼儿们疯狂地游来游去,组成鱼群,一起去探索它们新的巨型鱼缸。

然后我在融化出来的这个"大酒杯"的边上看到一个东西。

它看起来像一条小鲨鱼,正从冰里的一个小水泡里向上游动,朝着我们的方向游过来。不仅如此,它嘴里好像还衔着一件武器——那是一支长矛。

"亚伦,那是什么?"我喘息着问。

"我不知道——但我觉得它发现了我们。"

他说得没错,那条鲨鱼径直朝我们游了过来,它看起来并不友好。现在我才发现,我看到的那根长矛几乎跟它的身体一样长。

"快走!"亚伦大叫了一声。我根本不需要他再次提醒。事实上,他还没说,我就已经想逃离这个令人毛骨悚然的地方了,我一边颤抖一边跌跌撞撞地跑。

我不知道我们是怎么做到的,可能是恐惧有助于提高人的方向感吧!我们不停地奔跑、奔跑,沿着岩石隧道一路狂奔,完全忽略了沿途的岔路口。直到最后,隧道看起来越来越像我们之前下来时走过的那条了。

这时,一道微弱的光出现在了我们面前。我们找到了!我们找到出路了!

不过,我们一走出隧道,就发现眼前的一切都很陌生。这不是我们之前进来的隧道口,那个入口是在水下发现的。这个入口周围的海水拍打着岩石,但水不够深,根本不能游进去。

我们涉水而行,直到水位越来越深。然后我们潜入水中,等到我们的尾巴变了出来。我们在靠近水面的水中一边游,一边四处搜寻熟悉的景物。峡湾向更广阔的海域延伸开去。在峡湾的另一边,有一个有一些建筑物和船只的港口。

"爱美丽,看那边。"亚伦指着港口说。我眯着眼睛看了看太阳——即使是在午夜,太阳依旧如此耀眼,以至于我都看不清眼前的景象了!最后我才看清楚,那是一艘船,是我们的船!"别告诉我这是海市蜃楼!"我说。

亚伦笑了。"我现在才想起来,旅游小册子上说,今天晚上在冰川另一边的一个小镇上有一场午夜音乐会。"

"这么说,我们一路穿过了山脉,来到了大山的另一边?"

亚伦耸了耸肩。"这是唯一可以确定的事情。不过,我们得快点了。旅游指南上说游轮两点就要再次起航了。"他看了看表,现在是一点半,"我们还有三十分钟的时间。"

我这辈子从没游得像今天这么吃力过。最后,我们在一个布满岩石的海湾里爬上了岸,躲在一个小船看不见的地方,等待着我们的腿快一点变出来。然后我俩像疯了一般朝着船奔去,上气不接下气地赶到船边,就在他们正要提起踏板的时候上了船。

"小心别踩空了掉下去!"当我们出示乘客证走进船里时,乘务员微笑着说,"玩得开心吗?"

"嗯!"我毫不费力就蒙混过关了。

当舱门在我们身后滑动关闭,绳索被码头上的工人抛到船上时,我终于松了一口气,几乎都要哭出来了。

"我们成功了!"亚伦说着就搂住了我,这一次,我没有试图阻止他。

"你们回来了!"比斯顿先生的声音让我几乎灵魂出窍——我迅速地从亚伦的怀抱中挣脱出来。"我整个晚上都在找你们。甲板的走廊、整个海岸线,每十分钟就来回找一遍。"

他停下来,盯着我们看。我能想象到泥巴混杂着沙砾、凌乱的头发、撕破的衣服,以及我们脸上各种复杂的情绪,我们俩看起来一定惨不忍睹。

"我忘乎所以了——原谅我吧。"比斯顿先生咕哝着,"我一直很担心。没事吧,你们俩?"

亚伦点点头。

"没什么事。"我说。

比斯顿先生梳理着蓬乱的头发,想让它更服帖一些。这时我才意识到,他看上去也很疲惫。他疲惫的样子一下子击中了我:现在是半夜。突然间,我感觉自己累得连肚子都不饿了。此刻,我最需要的就是睡眠。

"我得上床睡觉了。"我说。

"当然,当然!"比斯顿先生连忙说,"我们可以明天早上再说。"

我们朝走廊走去。亚伦和比斯顿先生的小屋在同一个方向,我的在另一边。

"米莉对此一无所知，"比斯顿先生边走边说，"我告诉她，你今天晚上去跟一个同龄孩子还有她的家人一起玩了。"

"你是说我们玩了一整晚吗？"我瞥了一眼墙上的钟，已经是凌晨二点二十了。比斯顿先生挥了一下手，就好像要赶走我的问题。他说："如果二十四小时都是白天，不许夜里在外面逗留的规定就显得没那么重要了。别担心，我早些时候经过你们的客舱时，在门外就听到她打鼾的声音了！我猜想她甚至都不知道你是几点回去的。"

我盯着比斯顿先生，仍然不习惯这样：我生命中最初的十二年里，一直在监视我的那个人，现在是我们最大的盟友。"谢谢。"我简单地说。

他摆弄着夹克上的一颗纽扣。"去吧，上床睡觉去。"他轻声说道。

我们各自回到了自己的船舱。我轻轻地把门打开，比斯顿先生说得没错，米莉仰面躺在床上，双臂舒展，嘴巴大张，呼噜打得就像一匹马。

要是在其他任何时候，这声音都足以让我心烦意乱。但当我们经历了之前的一切之后，没有什么能再让我保持清醒了。

五分钟后，我就躺在了床上，并很快就睡着了。据我所知，我的鼾声几乎和米莉的一样大。

我梦见自己在前所未有的汹涌的大海中浮浮沉沉，被翻卷的海浪抛来抛去。一个浪接着一个浪地把我掀起来又卷下去,我在波涛中跌宕起伏,身不由己。

一个突如其来的倾斜把我惊醒了。

我睁开眼睛,环顾四周,才发现这只是个梦。

米莉已经起床了。她正坐在床头,凝视着镜子,准备描眉画眼。"早上好,"她笑着说,"对你来说有点早,不是吗?"

我看了看表,6:30!我正要说点什么,船身突然沉了下去,米莉侧身跌倒了。

"今天早上风浪有点大。"她说着,放下了手中的口红。

躺着一点也不舒服了,我从床上爬起来,揉了揉眼睛。船身突然又下沉了,这次感觉我的胃随着它一起沉了下去。

"米莉,"我说,"我要到外面去。"

我们穿好衣服上了船顶的甲板,已经有几个人在外面了,他们显然也不太喜欢今天早上的浪。

我环顾四周。"嘿,看!"我指了指船尾。亚伦和比斯顿先生分别站在船尾,紧握着扶手,面面相觑。我们准备走过去加入他们。

正当我们穿过甲板时,海面的情况变得更糟了。船突然间在巨浪中几乎垂直升了起来,然后又被冲到了另一边,就像坐过山车一样。

我们几步冲到船边,刚好一把抓住了栏杆。

亚伦和比斯顿先生跌跌撞撞地来到我们身边。我们望着地平线，大海似乎已经沸腾了。海面变成了一座山脉，起起伏伏，形成了巨大的波峰和波谷，白色的泡沫在波涛的顶部怒气冲冲地冒着泡。

我转向比斯顿先生问："这是怎么了？"

"我不知道，"他阴沉着脸说，"通常，这样的暴风雨只意味着一件事。"

他甚至不用说，我都知道他的意思。这一切都和尼普顿有关。

"但这是为什么呢？"亚伦问。

我回想起那天晚上发生的每一件事。这一切意味着什么呢？是不是我们把整件事都搞砸了吗？这是尼普顿生气了吗？

"叮咚叮，女士们、先生们，我们正在经历极端天气。"广播里传来一个声音，"我们要求所有的乘客立即返回客舱，在另行通知前留在舱内。我们即将调转船头，以便在极端天气到来之前安全抵达最近的一个港口。再重复一遍，请您立即返回客舱，并留在客舱内，我们预计在一小时之内到达下一个停靠港。感谢您的配合，对于给您带来的不便，我们深表歉意！"

我们慢慢地挪向舱门口，排在其他乘客后面等着进入客舱。米莉先进去了，然后是比斯顿先生和亚伦，我正要跟着他们进舱，突然有什么东西吸引了我的眼球，那东西就在海面上。

米莉为我扶着门。

"我的鞋里刚进了点东西，需要清理一下，我一会就进去。"

"我等你。"米莉一边说一边扶着门摇晃着。

"不用,你先走吧!"我说,"我一会儿就来。"

"好的,快一点。"她说,"像这样的天气,你不能出去。"

米莉把门关上时,我环顾了一下四周,确保没有人看到我,然后我小心地扶着栏杆走到了船边。我使劲地盯着海浪的波峰和波谷,眼睛看得开始流泪了。是我出现幻觉了吗?

我正要离开时又看到了它。尾巴!在水里一闪,就消失了。那是什么?鲨鱼?鲸鱼?

"快出来吧,快出来吧!"我低声念叨着,不顾一切地想在船上的船员出来命令我回船舱之前,搞清楚这是怎么回事。

然后我又看到了它。这次离得更近了,它对我来说是那么熟悉,即使我知道这一切有多不可思议,但我依然清楚那条尾巴是谁的。

肖娜!

突然间,她把头伸出了水面,向我挥手。然后她指了指我们要去的港口。

"我们港口见!"我喊道。

肖娜点了点头,尾巴轻轻一摆,游回水中。

我走进船舱和其他人待在一起,脑子里充满了困惑和兴奋。我最好的朋友也来了!

只有一个可怕的问题冲淡了这种兴奋,那就是:

为什么?

第十一章

肖娜带来的消息

船一到码头,我都等不及舱门打开。我在第三层的船尾徘徊了半天,最底层有一个露天甲板。我环顾四周,确保周围没有人。然后,我尽可能小心而安静地跳进波涛汹涌的大海中。她很快就到了那里。

"肖娜!"

"爱美丽!"

我们拥抱在一起。"真的是你吗?"我喘着粗气说,"我不是在做梦吧?"

"这不是梦,"肖娜严肃地说,"但是等我告诉你我为什么会在这里,你可能会希望这一切都是梦。"

尽管我身上还涂着尼普顿的药水,但我却不由自主地打了一个冷战。"这是怎么回事?你为什么会在这里?你怎么来的?你怎么知道我们在哪儿?"

肖娜举起一只手:"哇!一件一件地说好吗!"

我深吸了一口气:"好的,你是怎么来的?"

她承认这真的不是一件简单的事:"我自己游了一段路程,然后搭了几次顺风车。"

"顺风车?"我喘着粗气问,"搭谁的顺风车?"

"先是两只海豚带了我一程,它们真的很棒。然后我不得不自己游了一段路,因为这一路都是逆流而上,我游得好艰难。幸好一头可爱的蓝鲸发现了我,它帮助我渡过了难关。最后,一群虎鲸带我走了最后几百英里。"

我盯着肖娜,真的不知道该说什么。她是为我才做这一切的?要么她真的很想我,要么就是出了什么大事。

"你父母知道你在这儿吗?"我问道。

肖娜的脸红了。"他们不知道你去旅行的事,所以我告诉他们我要和你一起去'幸运号'待几天。我讨厌对他们撒谎,但这次事情紧急。"

"你怎么知道我们在哪儿?"我问。

即使我对她的答案有一百个猜测,我也万万没想到。

"是尼普顿告诉我的。"她说。

我吃惊得下巴差点掉下来。她继续说:"他没有直接告诉我。至少,他不是有意要告诉我的。"

"肖娜,我的脑子都不够用了,别跟我猜谜语了,到底是怎么回事?你在说什么?"

肖娜拿出了我给她的海螺。"我一直把它带在身边,一刻不离。即使我上床睡觉,我也把它放在枕头边。昨天晚上我刚睡着,就被什么声音吵醒了。它听起来像是海浪拍打着岩石,看起来就像是闪烁的星星。那是有人在拨打海螺手机。"

"尼普顿,他想联系我们?"

肖娜点了点头。"我拿起海螺,立刻听到他在说话。一开始我听不懂,好像他在电话里乱喊乱叫。"

我的脑海里立刻展现出尼普顿那天早晨跟我们谈话的场景。"他说了什么?"

"我记不清了。大部分没有意义。但是他一遍又一遍地重复着一些事情。"

"是什么事情?"

"他说他曾记得一些非常重要的事情,比他现在能想得起来的任何事情都重要。"

"然后呢?"我问。我心中充满了恐惧,想知道那是什么事,同时又希望她会突然来两个后空翻,用她的尾巴溅我一身水,然后告诉我整件事就是一个玩笑,她是来带我回家的。

可她接下来说的话,让我的内脏就像是做了两个后滚翻一样。

"他说他记得自己有个兄弟,实际上是有个双胞胎兄弟。"

"什么?"尼普顿有一个双胞胎兄弟?他居然忘记了?肖娜到底听清楚了吗?她肯定是听错了!

"他说他现在想起了自己曾有一个被遗忘了的双胞胎兄弟,随着记忆一起恢复的,还有一种新的恐惧感。一定是发生了什么可怕的事情,一些非常可怕的事情仍然被深深地埋在他记忆最深处。"

我还没来得及说什么,身后就传来了一阵水花泼溅的声音,我连忙转过头去。

"爱美丽。"来的是亚伦。

"你从哪里来的?"我问。

"咱们的船停靠时我过来找你。我在甲板上看到你,然后我看到一对夫妇也朝你这边走过来了。我估计你是想跳进海里。我敢肯定,他们要是看到你那么做,一定会大叫'有个女孩落水了',那肯定不是你计划的一部分,所以就我迅速指着船另一边的一座山,站在那里和他们聊天,直到我确信你有足够的时间做你想做的事。"

"然后你就下来找我,看看我在做什么?"我说。

"我是来看看你是不是安全。"亚伦纠正我说。

"嘿,你们两个,"肖娜说,"还像以前一样黏黏糊糊,嗯?"

"嗯。"我尴尬地哼了一声。

亚伦脸红了。他转向肖娜："不管怎样，你来这里做什么？发生什么事了？"

肖娜把她告诉我的一切都告诉了亚伦。

"然后呢？"亚伦问，"尼普顿还告诉你了些什么？"

"没再说什么，"肖娜说，"我什么也没来得及说，他在电话里狂吼了大约五分钟，然后突然停了下来。我估计是断线了，我也没机会说什么。"

"他可能意识到了海螺手机的另一端不是我们两个人。"我插了一句。

"没错。他不停地叫你的名字，问你能不能听见。我很想假装是你回答他，但我不敢。我不能给你惹麻烦，可是他越说越激动，我从没听过他像那样说话。他不停地重复他的孪生兄弟的事，说他有多难过，对你有多不好。还有一些关于冰和冰川慢慢融化的事情，我实在没办法告诉你他当时说了些什么——太混乱了。"

"你当时都做了些什么？"亚伦问。

"我屏住呼吸一直在听。最后，见没人回答时，他挂断了电话。他说他会一直努力去回忆，还让你必须把你的手机放在身边，他还会再联系你的。"

"我们永远也不会接到他的电话了，因为你拿着爱美丽的手机。"亚伦说。

"你把你的手机弄丢了。"我大声地提醒他。

肖娜给了我一个质疑的眼神,但是什么也没说。她说:"我猜一定发生了类似的事情。我想打电话给你,但没人接。当时我就知道我必须来找你。"

"你怎么找到我们的?"

肖娜笑了。"去年和你在一起,我的侦探技能得到了很大的提升!"她说,"尼普顿在手机里说了一些关于午夜太阳地的事。我在学校里查了相关资料。我一搞清楚它在哪里,就去查了该地区所有船只的出发日期,找到了与你离开时间相匹配的那艘船。然后我记下了它的行程,这样我就知道你在哪一天会在哪里——而我就在这里了!"

我盯着她说:"你是为了我做的这些?"

"你是我最好的朋友。你也会为我做同样的事!"肖娜说。然后她停了下来,脸红了:"嗯,我还有别的事要告诉你。"

"什么事?"

"我急着要来找你,把手机忘在家里了。真抱歉!"

"没关系,"我安慰她说,"没有那些海螺,我们已经走了这么远;没有它们,我们也能继续下去。"

接下来我们陷入了沉默,因为我们都试图弄清楚该如何继续下去,下一步该怎么做。我仔细思考了肖娜刚刚告诉我们的一切。接着,我突然灵光乍现,转向亚伦说:"山里的冰雕!那是尼普顿吗?"

"你是说尼普顿的雕塑?"亚伦说。

我摇了摇头:"那不是尼普顿!"

"不是尼普顿?当然是尼普顿!没错……"亚伦也停了下来。我可以从他那失去血色的脸上看出来,他已经明白了我在说什么。

"你是对的,那不是尼普顿!"他说,"冰雕是尼普顿的孪生兄弟!"

我们把我们知道的一切和发生的一切都告诉了肖娜。现在她真的和我们是一伙儿的了,再把这一切当作秘密,似乎已经毫无意义了。

"你得回那里去。"肖娜说。

"回哪里去?"我重复了一遍,希望我听错了。我想不出世界上还有什么是比回到那座山里,让我更不想做的事了。

"肖娜说得对,"亚伦说,"我们必须回到雕像那里。尼普顿记得他有一个孪生兄弟,对此他心里充满了恐惧。"

"而且他有一些关于冰的记忆。"肖娜补充说。

"尼普顿的弟弟就是一座冰雕,和其他周围的一切东西一样,都是冰雕。"我说,"这一定是尼普顿如此难过的原因,有人把他的弟弟变成了冰,然后把他的记忆抹去了。"

"没错,"亚伦说,"我们的任务就是去解开这些谜团。"

"所以我们必须让尼普顿的弟弟复活,再找出是谁干的,还要找出是谁偷了尼普顿的记忆。"我说,心里却希望这一切都不是真的。

"我也希望情况不是这样。"亚伦说,像往常一样他读懂了我的心思。我以前觉得这很浪漫,但现在,我觉得这一切都很扎心。"但我们必须这么做,只有这样我们才能知道我们的使命到底是什么。"

我点了点头:"我们需要更多的水晶——用来融化冰雕的水晶。我们先找到尼普顿的弟弟,再拿块水晶融化了他。"

我简直不敢相信这一切,但我知道这都是真的。我们真的必须回到那个地方去。回到那些被冻住的人鱼复活的地方,还有那条咬着一支巨大的长矛,正在搜寻我们的可怕鲨鱼那里去。

我向大海望去,试着想象再次出海的情景。就在这时,我发现海浪涌进了港口。我们到这里以来,海水一直都很平静,但现在正有一座小山似的海浪向我们涌来。

"亚伦,肖娜!"我伸出一根颤抖的手指指着远处喊道。

他们转身朝我指的地方看去。就在他们转身看的同时,涌浪已经冲到了港口的外面,海水冲击着码头,就好像有一颗炸弹在水中爆炸了一样。这是我们所见过的最大的浪!

"没事,"肖娜平静地说,"我们是人鱼。我们可以应付任何涌浪。"

"在开阔海域没问题,"我说,"但我不太确定这么奇怪的涌浪好像是冲着我们来的,看起来它要把我们抛到港口的防波堤上去了!"

肖娜再次看向那些海浪。她脸色苍白地说:"你说得对!"

涌浪越滚越高,形成一座山峰,雪崩般的白色泡沫开始向我们砸了过来。

"我们没时间离开港口了!"亚伦喘息着。

"尽量往下潜!"我在海浪雷鸣般的咆哮声中奋力大喊道,"巨浪马上就到了。如果我们被分开了,就在……见……"

巨浪转瞬间就到了!海浪把我卷起,就像巨人把我夹在胳膊下一样,它一会儿把我举起来,猛地又把我扔了下去。那种感觉就好像整个大海的重量都压在了我的身上,把我压下去,然后把我转了一圈又一圈。现在我终于知道在洗衣机里旋转的感觉了。我真心不喜欢这种感觉。

我的整个世界变成了一片空白、寂静而混乱的状态。

我试着让自己放松下来,把一切都交给了水——随波逐流。这只是水,它不会伤害我。

然后,这个巨浪过去了。我想游回海面,但是我不知道海面在哪个方向。无论我朝哪里游,海浪都会把我卷回来。海浪轰鸣着向我袭来,把我卷起来,又扔回去。

我又一次试图保持冷静,奋力朝着有光的方向游去,但我又一次被打败了。

最终,在又经历了几次打击和几次被"扣篮"之后,我们的比赛终于结束了。涌浪过去了。

我喘着粗气,颤抖着,环顾四周。水里充满了气泡和泡沫,看起来就像世界上最有劲的碳酸饮料被摇醒，然后全部倒在我身边。数百条银色的小鱼相互向对方扑过去，重新组成鱼群，然后又集体转身冲了出去。一条慵懒的鳐鱼轻轻抖动着它斗篷状的翼，好像要耸耸肩避开海浪，然后又平稳地游走了。海底的海沙就像水下沙尘暴一样旋转着。

"爱美丽！"肖娜朝我游了过来。

"你还好吗？"我问。

"那是亚伦，"她说，"过来，快点！"

我跟着她穿过海水中的旋涡，游到了海底。从表面上看，亚伦就在一些岩石的中间。

我向他游了过去。他躺在海床上，一块巨大岩石的一角压在他的尾巴上。他的脸上和胳膊上到处都是伤口。"你在流血！到底发生了什么事？"

亚伦向那块巨石示意了一下。"不知是从哪里冒出来的，"他边说边喘着气抽搐着，"是海浪把它冲下来的。"

我真想游到他怀里去亲吻他，告诉他我会尽我所能阻止他受伤的，但我还是克制住了自己。转身，我游向了巨石："肖娜，来帮帮我。我们看看是否能移动它。"

我们用力推着巨石，亚伦紧紧抓住了他的尾巴，咬紧牙关忍住疼痛。

"是不是很痛？"我问。

他点了点头，下巴绷得紧紧的。

"好吧，坚持住。这次我们会搞定的，"我坚定地说，"肖娜，等我说推再推。"我感觉到海浪的涌动，如果节奏正确，我们就能做到。"好的，一、二、三——推！"

我们把全身的力量都用在巨石上。巨石纹丝不动。

"再来一次！"我说。这时，潮水又向我们汹涌而来。"推！"我们一次又一次地推动着巨石，直到最后，亚伦终于能从移动的巨石下面出来了。

他用手把自己的尾巴从岩石下面一点一点地挪了出来。"我不能动了，"他说，"我的尾巴——它好像是断了！"

"尾巴没有断，"肖娜说，"它只是擦伤了。"她看了一眼亚伦的尾巴，它被岩石压过的地方已经变成一片黑紫色。"这是严重的擦伤。"她补充说。

亚伦又试着移动了一下。"啊！"他紧紧抓住尾巴叫了起来。

"试着用尾巴尖游游看，"我说，"那里看起来没有受伤。"

亚伦轻轻摆动尾巴尖。他在水里移动了一点点。"好吧，"他说，"我还能游。"他的脸色惨白得就像雪一样，像海星一样缓慢地向前挪动着。

大约十分钟后，我们终于回到船停泊的地方。"我没办法走了，"亚伦承认，"我这样没办法跟你一起去山里，我会成你们的拖累，你们得自己去了，我很抱歉！"

"亚伦，这不是你的错。"我轻声说。看着他因为疼痛而皱起来的脸，看着那条毫无生气、满是瘀伤、拖在身后的尾巴，我无法控制心头莫名的愤怒。

"咱们让亚伦回船上休息,我和你一起去山里。"肖娜说道。

我看着她:"你真要这么做?"

"那是当然!"她说,"不用再讨论了。"

我转向亚伦:"好吧,我们走吧。"

我们把亚伦扶到岸边,让他休息一会儿。"你得走了,"他说,"我去找比斯顿先生,他会照顾我,我会没事的。去吧,快走。让我们尽快把这件事搞定。"

"好的。"我轻轻地摸了摸他的手。

他立刻用手攥住了我的手。"小心点,"他说,"我不想你出任何事。"

我觉得自己好像吞下了一块石头,它就堵在了我的喉咙里,我什么也说不出来。我把手抽出来之前很快地捏了捏他的手。"来吧,"我对肖娜说,"我们出发吧!"

我们静静地从亚伦身边离开,离开了船,离开了港口,准备重新去面对大山、面对那些冰,还有挥舞着长矛的鲨鱼,以及其他可能复活,现在正在那里等待我们回来的一切。

第十二章

涅尔德

游了几个小时后,我们终于找到了进入山中的路。幸运的是,现在是涨潮的时间,我和亚伦早先出来的入口已经在水下了,这就意味着我和肖娜可以游进去。这是个好的开头,我希望接下来的一切都会如此顺利。但希望只是希望,一切还未可知。

转了几个弯,改变了几次方向,肖娜突然停了下来。"你确定我们的方向对吗?"她问道。"我们好像没走多远。事实上,"她环顾了一下四周接着说,"我觉得我们可能一直在绕圈。"

"我觉得应该就是这条路。"我努力让自己的声音听起来好像我知道自己在说什么。可事实上,现在周围的一切看起来一点也不熟悉。上次我来这里的时候,这里是一个干燥的洞穴,现在所有的一切都被淹没了——被潮水,或者是被冰融化的水所淹没了。当然,也许是两者兼有。

我们继续向前游。很快,我就注意到一些浮冰从我们身边漂过。这时候我知道,我们应该是没有走错路。我们沿着涨潮和融水形成的河流一路游过去——这些地方我们上次来的时候还都结着冰,现在冰已经融化了,融化的水沿着隧道的各个岔口不断地溢出来。

"咱们快到了。"我说。又转过了一个弯,我们就要到达亚伦和我晚上去过的那个地方。

突然,我听到有声音传了过来!

"躲起来!"我把肖娜推到墙边的缝隙里,挤在她身边。

两条人鱼正向我们游过来。他们长着清瘦而冷酷的脸。一个头发乱蓬蓬的,另一个是秃头。他们的尾巴像又长又尖、闪闪发光的刀:一个是乌黑的,另一个是亮闪闪的银灰色。两个人看起来都是愁眉苦脸的样子。

"当然了,很明显这真是太奇妙了!"他们中的一个在接近我们藏身之处时不耐烦地说,"如果没有涅尔德,这一切都无关紧要。"

他们正从我们身边游过去。我屏住呼吸,祈祷他们看不到我们。他们两个都没有朝我们这边看。"我知道。"另一个回答,

"我们得找到更多的水晶。对他来说,一块肯定不够。"

一条人鱼说:"如果我们能知道第一块水晶是从哪里来的就好办了。"然后我就听不清他们的谈话了,因为他们已经走远了。

我重重地喘了一口气,显然是太重了,因为其中一条人鱼听到声音就转过头来。

"那是什么声音?"他问,"谁在哪里?"

"快看!有几条美人鱼躲在暗处!"另一个说道。

"我们该怎么办?"肖娜悄悄地说。

"快离开这儿!"我们拼尽全力摆动尾巴,沿着水下的隧道向前冲去,穿过了一群身体呈亮蓝色的鱼。它们看到我们时,脸上都带着惊愕的表情。然后我们迅速地从两条惊慌失措的人鱼身边游走了。

"嗨!回来!"一条人鱼大喊着。他们用了大约半分钟时间才赶上我们,其中一个抓住了我的尾巴。

"你们是谁?"他质问道。我努力想挣脱他,但他太强壮了。

另一条人鱼抓住了肖娜:"你们是怎么到这里来的?"

"放开我们!"肖娜尖叫着。

"我们带他们去见老板吧!"其中一条人鱼说。

"你确定吗?"另一个回答,"他被困在这个地方,几乎什么也干不了。"

"他并没有完全被困住,他的嘴、手指尖和尾巴尖都能动!最重要的是,他能说话!他只需要发号施令,我们要听从伟大的涅尔德的命令,而不是自作主张。"

"伟大的涅尔德是什么东西?"我忍不住问道。也许它是一个峡湾的名字,听起来的确很像。

"谁是东西!"那个仍然抓着我的尾巴的家伙,随手给了我一巴掌。

"好吧,那么谁是涅尔德啊?"

"是我们的头儿。"抓着肖娜的人鱼把他的头探了过来。"来吧,"他说,"我们走吧,你们很快就会见到他了。"

然后他弯腰抓起一长串海藻,拔起来,用牙齿咬断,很快在肖娜的尾巴上绕了几圈,他把海藻的另一端递给了另一条对我做同样事情的人鱼。

"以防万一你还有别的打算。"他一边笑着一边对我说,露出了一口大黄牙。他的口气几乎让我昏过去,他的嘴闻起来就像一个装满死鱼的箱子,而且这些鱼已经腐烂一年了。

他们沿着隧道穿来穿去,我们被拖着,游在后面。他们中的一个说:"第一天开工,生意还不错。"

另一个回答说:"我想咱们肯定能马上升职。"

我和肖娜一脸痛苦地挣扎着、扭动着,被他们半拖半拽地带到了山中央的竞技场。我尽量不去想等待我们的会是什么,也不去想这个涅尔德一旦见到我们会对我们做些什么。

"把她们拉近一点。让我看看她们的脸!"

卫兵把我们带到了我们要去的地方,见到了我们想要找的人:尼普顿的兄弟!我不知道是害怕还是如释重负。尽管我不得不说,在被海草绑着拖到这里,面对一个几乎完全相同的尼普顿的复制品——而且还是用冰做的,他的脸上带着厌恶和鄙夷的神情看着我——我更倾向于选择"害怕"。

涅尔德前面的水仍然被冻着,所以我们不能游到他面前。人鱼把我们推到了离他不能再近的地方。

他们还没来得及开口,我就决定采取主动。毕竟,我们来这里是为了帮助涅尔德。他听到这个消息,一定会放我们走的。

我看着他的脸——他身上唯一能动的部分,正要说话,他做出了一个表情,我猜想那可能是一个微笑。如果你试着想象一条鲨鱼发现了新鲜的猎物,张开嘴准备把它整个吞下去,那么就已经有一半接近现实了,因为他的笑容就是那个样子的。

"我很高兴你决定加入我们。"涅尔德看着我说道。他的声音就像一条蛇在洞穴里蠕动。

"我……我……"我试着想告诉他我们为什么在这里,但我却发不出任何的声音。于是,我把手伸进上衣口袋里,想掏出一块水晶给他看。

"安静!"涅尔德吼道。这让我第一次开始怀疑我们的计划。这真的是尼普顿亲爱的兄弟吗?尼普顿真的想让我们解救他吗？这一切看起来有些不对劲。

警卫粗暴地抓住了我的胳膊。"安静，你！"他咆哮着，这让我彻底明白了"沉默"是什么意思。我把口袋里的水晶紧紧地握在手心里。

涅尔德盯着我说："我看到了发生的一切，也看到那是个意外。我被冻住了，但我的眼睛是睁开的。我被冻在里面，但我还活着！我看到了你掉的水晶，但这个还不够。没错，它使我的头得到了充分的解放，我现在可以说话了。它也解放了我的手指，我现在能够抓东西了。它解放了我的尾巴尖，我现在可以愤怒地挥动它，制造一场风暴了。"

没错，如果这是尼普顿的孪生兄弟，他一定拥有同样的法力。就是他的愤怒引起了海上那些反常的风暴！

"但是很显然，我完全解放需要的不只是一块水晶。"涅尔德像是在自言自语，声音如此安静，如此尖锐，如此寒冷，感觉就像一把薄刃划过了我，"我知道你拥有我要的东西。"

涅尔德继续盯着我看。我的指尖能感觉到口袋里水晶的温暖，但它们似乎不想放开它。我该怎么办？我觉得找到真相是唯一能够帮助我们解决问题的关键。毕竟，我们就是来这里做他现在要求我们做的这件事的。只是在内心深处我的直觉在对着我大喊大叫，阻止我按他说的做。

我说得很快。"我们知道是有人对你做了这些，"我说，"我们也知道你是谁。我是说，我们应该是有点了解你的……

兄弟!"

涅尔德扬起眉毛。"继续!"他说。

"尼普顿不记得发生了什么事,"我很快继续说,"他知道你发生了一些不好的事情,他不记得是谁干的,他的记忆被抹去了。我们是来帮你的,我们想让你和你哥哥重聚。"

山洞里静悄悄的,是那种鸦雀无声的静。涅尔德的眼睛盯着我。在我身后,肖娜和卫兵们都在等待回应。那一刻感觉好像也已经被冻结了。

然后,突然,一切都变了。

涅尔德笑容满面。"孩子来帮助我们了!"他大声宣布,"让我和我亲爱的兄弟团聚!"涅尔德冷冷地笑了起来。

他想转过头去示意卫兵,但他的脖子还是冻住的,所以他的头实际上无法移动。"释放她们两个!"他命令道,"我们都是朋友!"

那两条人鱼立刻给我们松了绑,低着头,再次退到后面去了。

涅尔德对着我微笑。"对此我很抱歉。"他甜甜地说,"我相信你能理解,我们必须采取防御措施,直到我们知道我们的访客是朋友还是敌人。"

我揉了揉尾巴上被捆绑的地方。"没关系。"我说。他说得有道理,毕竟他是尼普顿的孪生兄弟。尼普顿从来不是因其出色的社交能力而出名的。我的意思是说,看看他是怎么在任务开始时带我和亚伦去见他的——蒙上眼睛,塞进渔网里!

"那么,你刚才说,"涅尔德的声音流露出友好和热情,"你们想帮忙的事。"

"我们想让你和尼普顿重新在一起,"我说,"这就是我们被派到这里来的目的。"

"太好了。"涅尔德回答,面带微笑。

我慢慢靠近他,想知道我到底该做些什么。我在想是应该把水晶放在他身上还是什么地方?我的手依然在口袋了,水晶就捏在我的手里。我想张开我的手指——真的——但是有什么东西阻止了我。恐惧?怀疑?

无论是什么,涅尔德显然也能看出来,他继续用一种安慰的、哄骗的声音说话。"我很高兴能再见到我亲爱的哥哥,"他说,"在这样一场愚蠢的争吵之后,很高兴我们能再次成为朋友。"

"争吵?"我问。

"哦,我们总是这样。这没什么不寻常的。只是个小小的分歧,只是兄弟间的恶作剧有点过火了,"涅尔德低头看着自己,"然后就以这种方式结束了。"

"你们的分歧最终导致你被冰冻了?这是怎么搞的?"

"哦,你应该知道,当兄弟之情偏离轨道时会是什么样子。如果这对兄弟拥有和我们一样的魔法和力量,当事情失去控制时,结果确实就有点戏剧性。"

"我明白。"我说，试着表现出听起来好像这正是我每天遇到的那些事：和某人吵架，意外地发现他们中的一个突然不搭理你了。我又一次感到怀疑，转头去看肖娜。她似乎也在摇头。她和我的感觉一样吗？

我把手指紧紧地抠在水晶上。肖娜游到了我身边。"感觉有些不对劲。"她低声说，这话完美地回应了我的感觉。

"没错。"我小声说，"可我不知道该怎么办。"

"我也不知道。"

我鼓起了所有的勇气，转向了涅尔德。"我觉得你在撒谎！"我大声说道，想象着自己被那些卫兵带走，去喂给那个带长矛的鲨鱼。

"我们以为某个坏家伙对你做了这些事，"肖娜说，"我们以为有人把你变成了冰，然后偷走了尼普顿的记忆，所以他不能解救你。"

"你们是什么意思？"涅尔德问道。

"我们觉得，"我说，"我们不明白，如果尼普顿是那个把你变成冰的人，为什么他还会如此渴望再次解放你？他告诉我们发生了可怕的事情，我们认为他是说你发生了什么可怕的事。"

"但是如果是他自己做的，"肖娜继续说，"我们怎么能确定他真的想让你解冻呢？"

"我们不能冒这个险。"我告诉他。

涅尔德皱了皱眉头说："我亲爱的哥哥显然对自己的行为感

到后悔了。"

"嗯。"我低声哼了一声。

"瞧，这就是一个愚蠢的兄弟间的恶作剧，一时失手——没有造成伤害。现在，让我们继续解冻剩下的我，然后就可以有一个相亲相爱的大团圆了。"涅尔德的声音掺杂了一丝丝的紧张。

我看着肖娜。"我不相信！"我说。

她也摇了摇头："我也是。"

涅尔德坚定地注视着我。"没什么不可以相信的，"他咬牙切齿地说，"现在把水晶给我！"

我摆了摆尾巴，交叉双臂，把水晶攥得更紧了。

涅尔德咬着牙齿。"尼普顿冤枉了我，"他恨恨地说，"我拥有他想要的东西，他不高兴，行了吗？没错，他这样对我，是出于贪婪才这么做的，这是唯一真正刺激到他的东西！"

我转向肖娜说："说句公道话，这听起来的确是尼普顿的典型做派。"

涅尔德的脸色通红，他的面颊在他咬紧牙关说话时颤动着："他可能还记得他是怎么冤枉我的，他想赔罪。他可能是因为知道你们可以帮他弥补过失，所以才派你们来的。"

肖娜和我面面相觑。"我不知道该怎么办了。"我低声说。

涅尔德的指尖伸向我，在碎冰和冻冰之间慢慢移动，就像海藻的卷须在潮汐中伸展和摇摆着。"求你了，"他乞求着，"帮帮我，帮帮我哥哥，让我们重新在一起。"一滴泪珠从他的眼睛里挤了出来，顺着他的脸颊流了下来。

也许他说的是实话。我放松了手心里的水晶，但是紧接着，涅尔德的脸变了。

"抓住她！"他咆哮着。

我还没有反应过来，卫兵就出现在了我身边。他们抓住了我的胳膊，从我手中抢走了水晶。

"把她们带走！"涅尔德命令道。他的眼睛眯成了一条黑缝，前额上的皱纹就像瓦楞纹一样。另一个卫兵抓住了肖娜。他很快把海藻绑在了她的腰上。一分钟后，我们又成了囚犯。

偷了水晶的警卫转向涅尔德。"现在怎么办，大人？"

"现在，把我从监狱里释放出来！"涅尔德吼道，"把水晶给我！"卫兵游向涅尔德，把水晶放在涅尔德伸出来的手上。

涅尔德用手紧紧地握住了它。他闭上眼睛。"终于，我要自由了！"他说，"该轮到我做王了。"

"这两个女孩，我的主人，"看守肖娜的卫兵说，"你想让我们怎么处置她们？"

涅尔德甚至都没有睁开眼睛。他笑着说："带她们去地牢。把她们锁起来，等我决定怎么处置她们——还有我那叛逆的鳗鱼兄弟。"

卫兵转身游了出去，把我们拖到蜿蜒的隧道里，一直拖到大山深处的一个黑暗、寒冷的洞穴里。

卫兵把我们扔进牢房,锁上了门。他们笑着相互庆贺,然后就游走了。

我对目前的处境有一种似曾相识的感觉。不过,这次我有种感觉,尼普顿不会再出现,也不会来告诉我们事情并不是这样的。

我甚至怀疑事情就是现在这个样子的。我可以告诉你,他们看起来不太好。

我游到洞穴的边缘,靠着墙坐在地上,我旁边有一根管子,一只棕色的水母从它的末端钻了出来。在我身旁,一丛薄薄的芦苇缠绕在一起,像一盘意大利面,随着水流摇摆着。

我把脸埋在手心里,想知道事情是否会变得更糟。

就在我思绪万千的时候。

"爱美丽。"肖娜拽着我的胳膊。她的声音就像管子上的那只水母一样颤抖着。

我抬起头来,问:"怎么了?"

她指着洞穴前面的栅栏。或者,更准确地说,她指向通往隧道的栏杆,以及正沿着隧道游动的东西。

我尽我所能地阻止自己叫出声来——主要是因为这是一个很小的空间,如果我这么做的话,可能会把肖娜的耳朵震聋,我最不需要的就是我最好的朋友再也听不到我的声音。

其实,这也并不完全正确。我现在最不需要的,就是看到一条头上有一支巨大长矛的鲨鱼朝我们径直游来。

但不幸的是，这一切正在发生。

"保持冷静。"我对肖娜说。我这是在跟谁开玩笑？保持冷静？我们打算怎么做？

鲨鱼正在靠近，它就在笼子外面。如果它进来怎么办？是涅尔德派它来的吗？是这样吗？一切都要结束了吗？在我们经历了这么多之后，我们要成为鲨鱼的餐间小吃了？

它靠得更近了，长矛正对着洞口的栏杆。

肖娜转过身来，紧紧抓住我的胳膊。"我害怕！"她说。

"我也是！别……别……害怕。"我说，很显然我说的这些都是不可能的。

我们小心翼翼、慢慢地向后游，慢慢地游到了洞穴最深处的一个角落里。

鲨鱼把头靠在栏杆上，它的长矛穿过栅栏刺进了我们的牢房。我们无处可逃，因为长矛比洞更长。

我颤抖着，试着回忆我听到过的所有祈祷的话。当长矛慢慢靠近我并抵住我的前额时，我闭上了眼睛。

就是这样，游戏结束了。

第十三章

独角鲸

"别害怕我。"

那是什么？我睁开眼睛。鲨鱼和它的长矛已经退了出去。它不会把我的头骨撞碎了，不管怎样，目前还没有。

"肖娜，是你吗？"肖娜蜷缩在我旁边，尾巴像蝴蝶翅膀一样快速地拍打着，眼睛紧闭着。

"是叫我吗？"她问道，紧张地睁开了一只眼睛。

"我不是你的敌人。"

"那是……"

肖娜盯着我看："什么？"

"有声音,听到了吗?"

"她听不到我的声音。"

好吧,这真是越来越奇怪了。"你听到什么了吗?"我不太确定地问道。

肖娜叹了口气。"我听到什么?"她反问,"我就听到你问我问题,还有我的心脏每分钟跳一千次。"

"没错,"我说,"对不起,我一定是出现幻觉了。一定是海浪,或者是某个地方的守卫。"

"你没有出现幻觉。我也不是守卫。"

我跳了起来,游到了山洞的前面,向两边望去。"出来吧,别躲了!"我喊道,"我知道你在那儿,你就是想吓唬我们。"

肖娜游过来和我在一起。她也左顾右盼:"那里没有人。"

"我知道你在那里,胆小鬼,不敢露面,躲在暗处对我们喊叫。"我把头伸过栏杆,"哈!看!你在那儿虚张声势,不是吗?你吓不到我,你知道我不是……"

"我就在你面前。"

这声音吓了我一跳,让我差点跳了起来!就在我面前?我才不会那么做呢!我面前唯一的东西就是那条可怕的长着巨矛的鲨鱼。这个世界上没有什么能让我就这样去直视它!除非……

我慢慢地把头转向它。"是你吗?"我低声说。

"是我吗?"肖娜问。

"不是你。"我指着鲨鱼用力咽了一口口水,然后看着它的眼睛说,"是你!"

鲨鱼轻轻地低下头。

"是的,是我。"

好吧。现在我们被困在雪山深处的一个山洞里,在一个就算我们活着也没人能找到我们的地方,这还不够。现在我还疯了,听到鲨鱼在和我说话!呵,这真是太好了!

"是你让我复活了。作为交换,我将永远是你忠实的朋友。"

"如果我不想让一条带着长矛的鲨鱼永远做我的朋友呢?"我说。

"什么?"肖娜问:"你在说什么?"

"我不是鲨鱼。"

"你不是鲨鱼?在我看来,你的确像一条鲨鱼。"

"我是独角鲸。"

"你是个什么?"

"爱美丽!你在说什么?你怎么了?"肖娜摇着我的胳膊。

我该怎么解释眼前的这一切呢?撒谎?编点什么?不做解释?不,这是肖娜。她是我最好的朋友,我总是把一切都告诉她。我现在也不想改变这一点——即使她真的认为我已经失去了理智,也许最好还是被关起来。

我抬起一根手指指鲨鱼——或者独角鲸——不管它是什么吧。"它在跟我说话。"我说。

肖娜叹了口气，慢慢点了点头。"好……吧……"她说。

"真的！"我坚持。

肖娜看着还在笼子外面盘旋的生物，它仍然就那样面对着我们。

就像肖娜那样，我更仔细地看着它。我这才意识到它看起来不像鲨鱼，它的背上没有鳍。事实上，除了长矛，它看起来并不可怕。

它看起来更像一条小鲸鱼，而不是鲨鱼。它的背部是深黑色的，一对小鳍、一条小尾巴和一双小小的黑眼睛。它的肚子上布满了灰色的斑点，看起来有点像雀斑，它的矛其实也没那么吓人。事实上，这让它看起来有点神奇——就像海中的独角兽。

肖娜说："你知道，它看起来有点眼熟，现在我想起来了。我肯定我在某个地方看到过它的一张照片——可能是在学校。"她想了一会儿，说："我想起来了，是在海洋物种中介绍过一些珍稀动物的头上长着长长的矛。它叫什么来着？"她挠着前额，用手指轻轻在嘴边敲着，当她想问题时，她的尾巴就会这样左右摆动。

"嗯，它是叫独角鲸吗？"我犹豫地问。

"独角鲸！没错儿！"肖娜拍着手说，"等等！你是怎么知道的？"

我指着独角鲸说："是独角鲸告诉我的。"

肖娜盯着独角鲸，然后又转过来看着我说："它告诉你的？"

"请告诉你的朋友用'他'而不是'它'。"

"呃，请用'他'别用'它'！"我尴尬地说。

肖娜游到洞穴的栅栏前，"哇！这就像是海洋中最稀有的生物之一。"

"待在这儿。"

独角鲸的声音听起来很急促。

"我会回来的。"

一转眼，他就游走了。

"我们把他吓跑了吗？"肖娜问。

"我不知道。我不这么认为。他说让我们待在这儿。"这件事我们别无选择。

"你说'他说'是什么意思？我什么也没听到。你是在编故事吗？"

我想了一会儿。我怎么能让肖娜相信我？突然我想起了：海怪！"肖娜，你还记得在中心岛上我能听懂海怪的思想吗？"

"因为你是唤醒它的人。"

"没错！也许这次和上次的情况相似。是我把水晶掉在冰上，唤醒了独角鲸，所以我是那个能听到他声音的人。"

"哇！"肖娜说。

"但我觉得他只是刚才用长矛碰到我的时候才激活的。"

我们俩的交流被一个急促的声音打断了,那声音是朝我们这里来的。我们抬头看到了朝着我们牢房走来的卫兵。

"涅尔德派我们来找你。"其中一个一边说,一边伸手到他的尾袋里找钥匙,"我们需要另一块水晶。他以为两块就足够了,其他东西也都融化了。但是,因为咒语是直接施在他身上的,所以他现在还需要一块水晶。你是我们找到水晶最大的希望。"

突然,不知从哪里又出来一个卫兵。他一定是躲在隧道的阴影里,所以才一直没被看到。"是的,我也收到了这个信息,"他说,"我已经搜查过了。"

卫兵抬头看着他。"你也收到消息了吗?"其中一个问,他怀疑地看着新来的警卫,"我们在那儿并没看到你啊!"

新来的警卫指着自己的耳朵,好像有什么东西卡在里面。那是一个听筒,也许是一个麦克风。他是直接从涅尔德那里得到命令的吗?我不知道下一步他会得到什么样的指示。"估计你还没拿到这个。"他直截了当地对其他警卫说。

他们面面相觑,似乎很不高兴。"我告诉过你们了,我已经搜查过了,"新来的警卫不耐烦地说,"她们什么都没有了。如果她们还有第三块水晶,早就被我搜出来了。"

"但是她们肯定还有一块。涅尔德还没有完全自由。他的脖子已经完全融化了,头可以随意转动了;他的尾巴已经可以疯狂地拍打了;胳膊也融化了;但他的身体仍然不停地被再次冻住。他需要第三块水晶,我们不能空手回去。"

"这么说,你们最好尽快找到它。如果她们还有一块水晶,我猜是在你们把她们带到这里来的时候弄丢的,去隧道里找找看。我相信你们很快就能找到它,你们自己把它交给涅尔德,一定能赢得他的信任。"

两个卫兵快速交换了一下眼神。然后,他们耸耸肩,转身游了出去。他们一转过拐角,新来的警卫就朝我们游过来,他从脖子上拽出一串钥匙。当他走到门口时,我注意到,他比他的声音显得更年轻一些。他看上去只比我们大几岁——可能是十四五岁。他很高很瘦,深蓝色的眼睛,亮绿色的尾巴,金色的头发,几乎接近白色。肖娜盯着他看,脸都红了。他瞥了肖娜一眼,微微一笑。

"来吧,"他说着转动钥匙,咔嚓一声打开了门,"我们没太多时间。就算是他们俩这样的白痴,花不了多长时间就能知道我在撒谎,然后就会来找你们的。"他又拨弄了一下钥匙。"我是塞思。"他补充说。

"你在撒谎?"我说,"你根本没有收到涅尔德的信息?"

塞思把一个黑色的东西从他的耳朵里拿出来给我们看。那是一颗小石子!"你是说就用这个?"他问,脸上露出一丝微笑,"不,我没从涅尔德那儿得到任何命令。"

"你为什么要这样做?"肖娜一边说一边把头发甩到了一边。她这是想要吸引他吗?在这种时候?

塞思伸手扶着她,帮她出了牢房的门。她并不需要帮助,她一直以来游得很好。我在她身后游了出去，在隧道里和他们会合。

"我这么做都是因为我看到，"他说着朝我点点头，"你在和独角鲸交谈。"

哦，太好了。他一定以为我完全疯了，游来游去和一个陌生的海洋生物交谈，而这个海洋生物完全看不出任何回话的迹象。

"嗯？"我说。

塞思严肃地看着我。"没人能做到，"他低声说，"没有人……除了尼普顿。"

"尼普顿？"我脱口而出，"但是……但是……"

他偷偷看了看四周。"听着，我们没太多时间，"他说，"我会告诉你们所有你们需要知道的事情，以保证你们的安全。然后你们必须尽快离开这里。"

他把我们拉到隧道壁上一个狭窄的裂缝里。那一定是警卫来的时候他躲的地方。

"几百年前，尼普顿和涅尔德曾一起统治着海洋，"塞思开始说，"但他们之间的关系从来都不好。"

我并不感到惊讶。我知道尼普顿的情绪有多么善变——从我所见到的看来，涅尔德的情绪也同样难以预测。

"他们之间都有间谍。涅尔德在尼普顿的阵营里有间谍，尼普顿在涅尔德的阵营里也有间谍。间谍们会尽他们所能争取到最高的职位,并向他们真正的首领汇报。"

"你是尼普顿的间谍!"肖娜松了口气。

塞思点了点头:"至少在大冰冻之前我是。我被困在这里,和我周围的所有人还有其他东西一起被冻住,变成了冰。好吧,我也不知道过了多久。"他把眼睛从肖娜身边移开,对我微笑着说:"是你解救了我们,你的水晶让我们获得了自由。"

"还有独角鲸?"我问。

"独角鲸是尼普顿最钟爱的宠物,是他最珍贵、最忠诚的追随者。只有尼普顿才有足够强大的力量能跟他联系——做我刚才看到你也在做的事。"

我低下头,有点尴尬。

"这意味着尼普顿和独角鲸都觉得你值得信赖,"塞思继续说,"在这种情况下,我就毫不犹豫地相信你了。"

"那现在我们该怎么办?"我问。

"我得在警卫回来之前把你们弄出去。我会告诉你们一个秘密出口。你们必须带着独角鲸,保护它的安全。"

"我们到底应该怎么才能做到?"我说。

塞思摇了摇头。"你们得想办法。我们现在没有时间考虑。我只知道你们得把独角鲸带回尼普顿身边。如果独角鲸能与尼普顿重聚,我相信尼普顿会明白并想起这一切——然后回到我们身边的。"

"我不明白这是怎么回事。"肖娜说。

"你不必——我也没有时间进一步解释了,听!"

声音越来越近了。卫兵正在回来的路上。我们已经没时间了!

"来吧。"塞思抓住肖娜的手,拉着她朝着裂缝深处游去。他们消失在黑暗中。我跟在后面,我们静静地游过山中神秘的缝隙进入黑暗、寂静的深处。

我们又游了一段时间后,声音远远地被我们落在了后面,塞思停下来,转过身来面对我们说:"我必须把你们留在这里。"

我的眼睛有点习惯黑暗了,于是我环顾四周,想看看"这里"到底是哪里。我们之前一直沿着缝隙游,但现在裂缝已经变成了一块圆形的空地。

在这块空地上,深色的岩石在我们头顶构成了一个拱形穹顶,拱形穹顶的下面是一口暗井。

我根本看不到井底,看起来就像是那种有些变态幽默感的人跟别人打赌,看谁敢往下游的情景。谁会愿意游进一口漆黑的井里,那口井几乎是垂直地从山中间穿下去,而且井口只比你的身体宽一点!

"你们得游下去。"塞思指着井说。我其实已经猜到了。

"许多年前,尼普顿的间谍们就在这口井的地下会合,我们中只有少数几个人知道这个地点。你们在那里等候独角鲸,他会去找你们。一旦他和你们会合了,就沿着隧道离开,他会带你们出去的。"

"你呢?"肖娜问,"你没事吧?"

"我没事!我以前一直都能保全自己,这次我也会的。只要涅尔德没有得到第三块水晶,他就不能彻底获得自由。但是现在他融化的速度越来越快了,你们必须小心,他会越来越愤怒的。"

"这就意味着大海会变得越来越汹涌,对吗?"我问。

"正是这样。你们已经见识了他的愤怒带来的暴风雨,情况会变得更糟的。"

我低头看着黑漆漆的井,尽量不去多想。

"来吧,"我对肖娜说,"我们走吧!"

"祝你们好运!"塞思对我们说。

"谢谢你为我们所做的一切。"肖娜回答道。

然后我们转过身,用力摆动尾巴,朝着黑暗的深处游去。

独角鲸已经在井底等我们了。

"很高兴又见到你了。"

"我也很高兴见到你。"我笑着对他说,意识到我是认真的。我看着他的雀斑脸,我之前怎么会认为他很可怕呢?所有的形容词都可以用在他身上,唯独没有"可怕"这个词。他真是……很可爱的。

"你们准备好了吗?"

"我们准备好了。"我说。

"跟着我。"

独角鲸游到井边。过了一会儿，什么都没发生。然后长矛碰到的地方墙就开始倒塌了。原来是独角鲸他用长矛在墙上钻了一个洞！

墙壁火花闪烁，沙砾落到我们周围的水中。不一会儿，独角鲸身后露出了一个完美的洞，刚好够我们三个人游过去。

"你们先走。"

我游进洞里。肖娜在我身后也游了进去。独角鲸跟着，然后又转过身去，把长矛指向洞口，我们看到又是一阵火花闪耀，然后洞就封上了！

"他是怎么用长矛做到这些的？"肖娜问。

我敢肯定独角鲸笑了。我看不到他笑——我只是感觉到他笑了。

"没两下子可成不了尼普顿最忠实的宠物！"

"他用了尼普顿的魔法！"我解释说。

"还有，拜托！这是我的犄角，不是什么长矛！"

"好吧！对不起。"

"现在，我们离开这里。"

在另一边的这条秘密隧道，要比我们之前来到这里的那条隧道宽阔得多。我们终于游回来了！在过去的这几个小时里，我们第一次感觉好像可以活着走出这座山了。

我们游啊游，直到最后，我们看到前方有一束微光。

离开的希望激励着我们,我们游得越来越快,一直游到一堆岩石中参差不齐的穹顶旁。在它的另一边,太阳光洒在洞口,照得如此明亮,以至于我游出去时不得不眯上眼睛。

我们做到了!我们游出来了!我们回到了峡湾的碧水蓝天下,回到了阳光灿烂的地方。我转过身去回望那座山。头顶上,一只苍鹰盘旋在山峰之上。它看起来就是我和亚伦在一起时,朝我扑过来的那只。当它盘旋在山顶时,它的翅膀在阳光的照耀下显得轮廓分明,它似乎是在寻找什么。

我正要指给肖娜看,海面突然开始震荡起来。

我们面前原本平坦又平静的海面隆起了一个又一个波浪的山丘,海面也变得凹凸不平了。我猜警卫已经告诉了涅尔德,他们找不到第三块水晶——这就是他的反应。

"快潜进水里去!"肖娜喊道。

我们三个在最大的海浪之前潜入了水中。尽管如此,海浪还是抓住了我的尾巴,把我抛出了三个筋斗。这种筋斗,我自己从来没有翻出来过。

"来,爬到我背上去!我带着你们。"

我爬上了独角鲸的背,冲肖娜喊道:"快过来!独角鲸说他会带我们回船上去。"

肖娜爬到独角鲸的背上,坐在我身后。

我抓住了他的犄角,准备好迎接颠簸的旅程。

我们回到船上的时间比我们早些时候到达山上的时间早。幸运的是，它仍然停在港口——尽管我们接近时，听到两声巨大的汽笛声，这表明它即将离开。

"我们得快点，"我说，"通常在汽笛响后五分钟船就要出发了。"

"我怎么办？"肖娜问。

"我会照顾她的。我们会跟着船走。我们永远不会远离你。现在，走吧。"

"独角鲸会照顾你的。"我告诉她。

于是，我从独角鲸的背上爬下来，给了肖娜最后一个拥抱，然后疯狂地游回港口，及时溜回船上。

"打算去泡个澡，对吗？"门口的服务员指着我湿漉漉的头发笑着问。

"啊，哈哈！"我强迫自己尽可能像是在说实话。

"只要把你放在冰水里五分钟，就会是现在这个样子了！"服务员仍然面带微笑地说。

她的话瞬间让我感觉到寒冷，冷得好像我就快变成一块冰了。"没错，我肯定会的，哈哈。"我木讷地说。

我必须离开这里。我尽可能假装平静而随意地沿着走廊走去。

叮咚，叮当！广播里传来了通知的声音："女士们，先生们，我们很抱歉地通知，今天我们仍然不能离开港口。船长查看了天气状况，不幸的是，天气情况仍然恶劣，港口外依然有强暴风雨，我们将在港口里再滞留一天。对此我们非常抱歉，但这个决定是为了您的安全。在停靠期间我们将提供额外的娱乐和免费游览。再次对于给您带来的不便，表示深深的歉意。"

在休息室里，我听到一些游客在我身边失望地叹息。我自己也不知道是该欢呼还是哭泣。肖娜和独角鲸就在附近，但糟糕的是，我们必须至少再等一天才能离开涅尔德的地盘——我不知道一旦他彻底释放他的愤怒，我们会有多大的麻烦。

第十四章

被抢走的水晶

我和亚伦挤在一张桌子旁,桌子就在下层休息厅最安静的角落里。休息厅里只有几个人,大多数游客都利用这个免费机会去参观当地的渔场了。

一对年轻的夫妇坐在靠窗的座位上,互相簇拥着,看着窗外的景色;还有一家四口正在热闹地玩纸牌游戏。没有人注意到我们。

"下一步我们怎么办?"我把发生的一切告诉亚伦之后,他问道。

"我觉得应该带独角鲸去找尼普顿。但是,别问我该怎么做。"

"我们得联系他。"

"但是我们没有海螺手机!"亚伦一边想,一边揉着下巴。

"也许我们可以用比斯顿先生的。"

"然后壮着胆子告诉尼普顿,我们把两部海螺手机都弄丢了,而且我还把我的海螺送人了!我不确定这么做是否明智。"

"好吧,至少让我们告诉比斯顿先生。"他说,"如果独角鲸是尼普顿最忠实的宠物,比斯顿先生肯定会知道一些情况。他可能会有办法,能告诉我们该如何把它带给尼普顿。"

"是'他',不是'它'。"我自然而然地说。当我想到独角鲸的时候,我对自己的情感也感到惊讶。

"好吧,是他。"亚伦纠正了。他想了一会儿说:"接下来做什么呢?涅尔德告诉了你一些情况,警卫也说了,如果这些都是真的,我们不可能比以前更了解这里发生了什么。"

"我知道。我的意思是说,如果涅尔德说的是实话,是尼普顿把他变成了冰,那么尼普顿最不想做的可能就是让涅尔德复活!"

"但我们仍然不知道为什么尼普顿对这些一点都不记得了。"亚伦说。

我们都默不作声。我们俩对这些情况都是一头雾水。

"你们在这儿!"米莉的声音响彻休息室。她朝着我们走来,比斯顿先生就跟在她后面:"我们找了你俩一整天。"

"嗯,并不是一整天。"比斯顿先生纠正她说,"你忘了,我告诉过你,爱美丽和亚伦今天被朋友邀请和她的家人一起去玩了。"

米莉笑了。"是的,当然了,我太傻了,居然忘了这件事。"她说着,挑衅地抱着双臂,"现在,再提醒我一下,你们的那位朋友叫什么名字?"

我愣了一会儿,然后脱口而出:"莎伦!"

就在同一时刻,亚伦说:"安德鲁!"

与此同时,比斯顿先生也大声说:"洛林。"

米莉紧抱双臂,皱着眉头,环顾着我们三个人说:"跟我想的一样,你们都是在撒谎!那么,你们当中谁想来解释一下呢?"

我看了看比斯顿先生,然后又看了看亚伦。他们都回头看着我,脸上的表情和我想的一样:我们怎么才能摆脱这种困境?

然后我决定了要怎么来搞定这件事:那就是,我们还是实话实说为好。因为只有这样,才不会带来更多的麻烦。

"米莉,我觉得你应该坐下。"我说着为她和比斯顿先生拿出两把椅子,"我决定把一切都告诉你们。"

"你是认真的吗?"米莉盯着我看。

"绝对认真。"我说。

她望着其他人说:"你们都知道这件事,对吗?"

亚伦和比斯顿先生都不好意思地点了点头。

她嘬着牙说:"我真不知道该说什么。我觉得我就像个被你们收留的傻瓜。我敢打赌你们肯定都在背后嘲笑我,对吗?"

"米莉,我们看起来像在嘲笑你吗?"我问,"尼普顿交给我们一个任务,他不让我们告诉任何人,甚至比斯顿先生也只知道我们刚刚告诉你的一部分。"

"这都是真的。"比斯顿先生说,"我的任务是陪着他们,直到现在我才知道他们的任务已经完成了。"

米莉盯着我看了好半天。最后,她的脸色才缓和。"好吧。"她说,"我理解,你们这些可怜的家伙肩负着这么大的责任。"然后她把椅子往后一推,站了起来。

"你要去哪里?"我问。

"我要去给阿奇打个电话,"她说,"他应该知道我们该做些什么。"

我和亚伦交换了一下眼神。我们应该说点什么呢?亚伦迅速点了点头。

"我认为你不应该给阿奇打电话。"我说。

"为什么不行呢?"

"我们觉得他不可信!"亚伦说。我屏住了呼吸,米莉张着嘴,盯着亚伦。

"看在女神的份儿上,你怎么会这么想……?"

我说:"我们看到他在你的船上鬼鬼祟祟的。"

"你还记得他听说我们要去旅行时的反应吗?"亚伦补充说。

米莉瞪着我们俩。"是吗?"她说,"一个小小的误会,你们就把他除名了?"

她说得有道理,听起来确实也没什么好说的。

为什么我这么肯定我们是对的呢?

亚伦咬着嘴唇。"还有一件事。"他说着两颊泛起了红晕,"我不知道如果我告诉你,你会怎么想。当我告诉爱美丽的时候,爱美丽跟我分手了。最近我一直在想这件事,总觉得有些事情不对头。"

他瞥了我一眼,扬起眉毛,像是要征得我的同意。于是我点了点头。

"他让我吻爱美丽。"亚伦盯着桌子,平静地说。

"这跟这件事有什么关系?"

"我们接吻的时候,我们拥有了神奇的力量。"我补充说,直到现在我才意识到发生了什么。也许这一切并不仅仅是一场赌博。

"我不知道他为什么要这样做,"亚伦继续说,"但他真的坚持让我这么做。作为尼普顿最亲密的顾问,我猜想,他一定知道这会带给我们一些控制尼普顿的力量。我不明白他为什么要那样做,但有些事感觉不对劲。"

"米莉,"我轻声说,"我真的觉得我们不能信任他。"

米莉沉默了很长时间。最后，她慢慢点了点头，好像在和自己做思想斗争。"对不起，但我认为你们弄错了，"她说，"我知道阿奇。他是我认识的最正派、最友爱、最善良、最慷慨的人。我是想说，看看他为我做了什么——是他想办法，我才能参加这个游轮度假的！"

"但也许这就是计划的一部分。"我说，"他给了你一个海螺手机，这样你就可以跟他保持联系了。也许让你来这里就是为了监视我们！"

"胡说！"米莉厉声说，"别说了，我受够了。你们都错了，我相信他，我再也不想听你们的胡言乱语了。阿奇绝对值得信赖，我现在就去给他打电话。"

说完，她把围巾披到肩上，从休息室夺门而去。大家好半天没说话。

最后，比斯顿先生挤出一丝微笑。"嗯，这下可能会更糟糕。"他无力地说。

"会吗？"我问，"真的吗？"

他没有说话，转过身来，茫然地盯着窗外。我和亚伦盯着他看。那一刻，我们觉得这就是我们能做的最有用的事情。

第二天早上，展现在眼前的不仅仅是那片冰天雪地的景色。

"如果你不介意的话，可以把盐递过来吗？"米莉冷冷地说。

"米莉，请别这样——"

"还有胡椒粉，请。"米莉恶狠狠地把熏肉切成了片，我想知道她是不是把那片肉想象成了我们中的一员。

比斯顿先生放下刀叉。"我建议我们都把昨天的事抛在脑后，大家友好相处，好吗？"他说。

"听起来不错。"我同意。

"我也同意。"亚伦补充说。

我们等米莉咽下嘴里的食物。然后，她用餐巾擦了擦嘴，撇了撇嘴——把手举了起来。"哦，那好吧。"她愤怒地说，"你们知道，我从来都不是一个能装得住的人。"

比斯顿先生笑着说："对，很好，这样最好。"

我们默默地吃着饭。我想说点什么，但老实说，我脑子里思考的每一件事，我都不知道该从何说起。

"昨晚有谁做了好梦吗？"亚伦故作轻松地问道。

我感激地朝他笑了笑。

米莉抿了一口茶。"好吧，你这个话题很有趣。"她说，"自从我们度假以来，我的梦就相当有意思。我是说，你们继续，随便说吧。"

我假装没听出她话里的讽刺意味，试图表现出兴趣，为了让她开心。"给我们讲讲你的梦吧。"我一边说，一边准备好听一份关于某个疯狂梦想的冗长而深入的报告。

她耸了耸肩。"没什么好说的。"她不屑地说。

"求你了,米莉。告诉我们你的梦。"比斯顿先生温柔地说。她大声地、戏剧性地叹了口气:"哦,那好吧。如果你坚持的话。"她的眼神变得呆滞而迷茫:"那是一个地方,一个很重要的地方。一个并没有发生很多事的地方,但我对这个地方有着强烈的感觉。"

"什么样的地方?"亚伦问。

米莉向窗外望去。"冰冷,山顶覆盖着白雪,山中间有一个湖。"

我觉得心里一阵冰凉。山中的湖?米莉是在描述我们去过的地方吗?是记忆之湖吗?

"你可以看到湖中所有山脉的倒影,"她接着说,"那真是太美了。"

比斯顿先生说:"听起来像是个美梦。"

"是的。奇怪的是,我以前见过。"米莉说,这是一个反复出现的梦,我最近做了三四次。但这次情况有些不一样——其中一座山,就是所有山中最高的,比其他山都高的那座……"她的声音越来越低,几乎听不到了。

"接下来怎么了?"亚伦问。

"它……"米莉的眼睛蒙眬而呆滞地说,"在哭。"

亚伦大笑起来。我觉得可能是因为太紧张,但不管怎样,这都没什么帮助。"一座哭泣的山?"他说,"哦,真是太好了!"他一直在笑,直到看见米莉的脸色。我知道他可能只是因为紧张才大笑——听起来确实有点歇斯底里——但不管怎样,米莉都不觉得好笑。

"我很高兴你这样取笑我。"她说,"这让我觉得一切都好多了。"

"米莉,他不是在取笑你。"我说,"他就是觉得这样挺好玩。是不是,亚伦?"

亚伦喝了一大口橙汁,点了点头,说:"对不起!"

"还有什么梦?"比斯顿先生高声问道,他竭力阻止一场全面的战争。

"嗯,是的,碰巧我还有一个梦。"米莉说,"我不知道你会不会觉得这个同样有趣。"

"快说说。"比斯顿先生说。

"我看到一个来自天空的凶兆。"她告诉我们。她转过来看着我,自从昨天之后,这是她第一次用饱含爱和关心的眼神看着我,说:"它是冲着你来的。"

我很高兴能坐下来,因为我的腿开始发抖。事实上,米莉所说的大部分最后都被证明是愚蠢的胡言乱语,但她偶尔也会一针见血地说中要害,就像她刚做的关于湖的梦一样。我只是希望她这次说得不对。

"好吧,不管怎样。就像我说的'我相信这只是个愚蠢的梦'。"米莉很快说。然后她擦了擦嘴,站了起来:"我要去取自助餐了,谁跟我一起去?"

"不了，谢谢！"我从桌边站起来说，"我需要出去透透气。"我把椅子推进去："抱歉哦！"。

"我跟你一起去。"亚伦说。

我们上了顶层的甲板。

"你是怎么想的？"我们倚在栏杆上看着大海，亚伦问道。大海仍然咆哮着，白色的巨浪猛烈拍击着港口另一端的码头。

"她说的山和湖都跟真实情况一样。"

"我知道。这会不会都是巧合？"我耸耸肩说，"我也不知道，但我认为我们真的需要用比斯顿先生的手机联系一下尼普顿——即便这意味着要告诉他我们做了些什么。这事关重大。"

"我同意。"亚伦说，"我们现在就给他打电话吧！"他转身想走。

"等一会儿。"我说。在面对尼普顿的愤怒之前，我想和亚伦单独待一会儿。

我们看着眼前的滔天巨浪，听着大海发出的隆隆声。我冷得把手插在上衣口袋里。我紧握着剩下的最后一块水晶，把它从口袋里拿出来看着。

"我该怎么办？"我问，"你认为我该怎么处理它，确保不会造成任何伤害呢？"

"我不知道，也许我们……"

他还没说完。突然，一只巨大的鸟向我们扑了过来。看起来很熟悉，又是一只老鹰！

"什么情况？"亚伦向后躲，双手抱住头，老鹰用长长的翅膀扫过他的头发，朝我冲了过来。来自天空的威胁。

我被椅子绊倒失去了平衡。当我笨拙地侧身摔倒在地时，水晶从我手中掉了出去，滚落了出去。

那只鹰冲过来的速度如此之快，一转眼它就冲到了甲板上，用爪子抓住了水晶，然后就飞走了。

亚伦爬起来，来到我身边。"你还好吗？"他问，并伸手扶我起来。

我站起来拍了拍身上。"我很好，"我喘着粗气，"但是水晶不见了。"

亚伦在甲板上寻找着。

"这儿没有。"我说，"被老鹰叼走了。"

"你确定吗？"

"确定。我看见它用爪子抓住水晶，然后飞走了。瞧！我指了指远处，仍然能看到鹰在山顶上盘旋。它一圈一圈地盘旋着，在天空中画出巨大的圆圈。

当我意识到老鹰要飞去哪里时，我的胃也跟着它一起翻腾。"我以前见过这只鹰——咱们在湖边时，还有后来肖娜和我从山里出来的时候，两次它都在那里盘旋。"

"你确定是同一只吗？"

"我不能肯定，但如果是呢？如果它属于涅尔德呢？"

亚伦的脸色变白了："它正朝着他飞去了。"

"带着水晶。"

老鹰消失在了视线之外。它很快就会回到山上。一旦这样,一切都结束了。涅尔德会融化!然后呢?他会来找我们吗?他到底想要什么?我们并不知道,我们所知道的是,他想重新掌权的意愿是如此强烈,甚至都吓坏了尼普顿。这一刻,我真的不想再去想这些事情了。

那也无妨,因为我们根本没有机会了。

船周围的海水突然开始不停地冒泡,甚至连港口安全范围内的海水也开始冒泡了。船在海面上不停地摇晃,上下颠簸着。片刻之前这里还是相对平静的,但现在海水就像在锅里沸腾的水一样跳跃着。

这一切发生得太快了。老鹰已经回到山上了吗?涅尔德已经被解冻了吗?

船身突然倾斜,我与亚伦碰在了一起。

"怎么办?"

亚伦用一只胳膊搂着我让我站稳,我没有拒绝他。如果涅尔德获得了自由,重新掌权,我们的时间可就不多了,我不想浪费时间把亚伦推开,那是我此刻最不想做的事。

正当我在想这些的时候,大海似乎完全爆发了。船向另一边倾斜。然后,从火山爆发般的大海中出现了一些我完全没有预料到但很熟悉的东西,就像明亮的夏日朝阳从地平线上升起一样——是尼普顿。

第十五章

尼普顿与涅尔德

我和亚伦盯着海面,我们看到了三叉戟的尖,然后是尼普顿的头从海里露出来了。

尼普顿甩了甩他头发上的水,径直看着站在甲板上的我们。幸运的是,我们的周围没有其他人,其他游客此刻都还在餐厅里呢!

尼普顿抬起手,指了指自己,又指了指我们,做了个"十分钟"的口型,然后又回到了水下。

我望着亚伦:"我没有看错,这不是幻觉吧?"

亚伦摇了摇头:"如果你看到的是幻觉,我也见到了跟你一样的幻觉。"

此时此刻面对尼普顿是我最不愿意做的事,因为我们几乎搞砸了他要求我们做的每件事。但尼普顿通常习惯于按他自己的方式行事。如果他让我们十分钟内后见他,那就是命令,而不是什么礼貌的邀请。

从甲板上下来时,我们碰到了正要离开餐厅的比斯顿先生和米莉。

"你们俩这么着急要去哪儿?"他们走近我们时,比斯顿先生问道。

"尼普顿在这儿,"我不想再隐瞒什么了,"我们要去见他。"

"尼普顿?在这里?真的吗?"米莉环顾四周,然后匆匆走到窗前向外看。"他是一个人吗?阿奇和他在一起吗?我昨晚打电话给他,但打不通。也许他已经在路上了。"

"我不知道。"我告诉她。

"我们只知道我们现在必须去见尼普顿。"亚伦说。

比斯顿先生整理了一下衣服,把头发弄平:"我和你们一起去。"

"我呢?"米莉问,"我该做些什么?"

"你负责掩护我们,"亚伦说,"确保没有人看到我们从海里消失,想一个好故事吸引大家,以防有人注意到我们。"

米莉噘起了嘴。"好吧,你们快走吧!"她轻快地说,"你们不会想让尼普顿等着吧。"

我拥抱了米莉一下:"谢谢。"

"哦,你们快走吧!"她拍了拍我的背,温柔地说。然后她勉强笑了一下:"祝你们好运。"

"我们该走了。"比斯顿先生说,"我想,你们不需要我提醒你们尼普顿并不是很有耐心。"

说着,他从裤子口袋里拿出一瓶熟悉的橙色液体。我正要问,突然意识到这是什么——这是亚伦和我在海水中使用的药水。比斯顿先生和我们一样也是半人鱼。我什么也没说,觉得这样做只会让他觉得自卑,因为"真正的"人鱼是不需要这样做的。而现在,我不想做任何事让比斯顿先生觉得他跟我们不是站在一边的。

我们三个人匆匆离开船,来到海湾,在那里我们可以潜入水中而不被人看见。

尼普顿并不难找到。在他的周围,海水都闪烁着绚烂的色彩,还夹杂着金色的光斑——他的战车就在这中间。

"交给我吧。"比斯顿先生向前游去,在战车前低下头。"陛下,"他开始说,"我知道我们到目前为止还没有成功。"

比斯顿先生还没来得及说下去,尼普顿就不耐烦地挥动着他的三叉戟。"别解释了,"他大声说,"我不是来惩罚和批评你们的。"

这真是一种解脱,但如果他不是来这里做这两件事的,那他来这里是为什么？在我有机会问他之前，有人从尼普顿身后面走了出来：阿奇！

"他来这里干什么？"我有些语无伦次。

"他坚持要来，"尼普顿说，"因为他是我最亲密的贴身护卫。"

有人从阴影中走了出来：肖娜！

"她怎么会在这里？"尼普顿瓮声瓮气地问道。

"我……她……"我支支吾吾地说不出话，因为我想不出任何理由来解释肖娜的出现。

肖娜径直游到尼普顿面前，盯着他的眼睛。"我知道爱美丽有麻烦了。"她坚定地说，"她是我最好的朋友，所以我来了。"

"但是，怎么……"尼普顿的声音渐渐低沉了，然后他摇了摇头。"没关系，"他说，"不再重要了。最重要的是真相，这才是我来这里的目的，我不能再隐瞒自己的故事了。"

"那么你的梦呢？"我问，"我以为他们警告过你，你来这里太危险了。"

"你们走后我还一直在做梦。"尼普顿回答。"我最近做的梦告诉我，如果我不来，危险会更大。"他环顾四周，看着我们所有人，"所以我来了。然而，我的记忆依旧没有被打开。"

"你这是什么意思？"我问。

"我的意思是说这一切对我来说仍然是一个未知的黑洞。我原以为我一到这里就会想起一切，但每当我试图回忆起我自己的故事时,我的大脑里就只剩下一片空白。"

就在这时,阿奇游上前。"陛下,我能说几句吗……"他开始了。我瞥了亚伦一眼,他翻了翻眼睛。

"当然可以,"尼普顿回答,"你是我最信任的护卫,我想听听你要说什么。"

"我们现在就在这里,"阿奇开始说,"在你认为你失去记忆的地方。当然,如果它们能够重新被想起的话,那应该就是现在。如果它们还没有回来,也许是因为……"他停顿了一下。

"因为什么?"尼普顿不耐烦地问。

"原谅我,陛下,"阿奇接着说,"我不知道这样说对不对,我不想评论你。但也许这就是因为梦只是梦,根本不是回忆。"

我们都默不作声地等待着尼普顿的回应。我想说的太多了,但我不知道从哪里开始。阿奇完全错了,也许他并不知道这些——或者他什么都知道!

我还没有想明白这件事,就听到一阵平缓的划水声从肖娜身后传了出来。有什么东西在靠近。

独角鲸!

"我回来了。"

它径直游到了战车前,低下了头。一秒钟后,阿奇冲到了独角鲸和尼普顿之间。他从尾巴侧面抽出一把长剑。

他转向尼普顿,声音颤抖地问道:"要我杀了它吗?"

"不要!"我冲上去,游到了阿奇前面。我转向独角鲸:

"你没事吧?"

"别担心我。"

阿奇盯着我。他的脸上已经没有了血色,他看起来很害怕!他害怕独角鲸吗?

"他不会伤害你的,"我游到独角鲸身边说,"他是我们的朋友,他站在我们这边。"我抬头看着尼普顿。"请不要让阿奇伤害他。"我补充说。

尼普顿脸色变得跟他的胡须一样白。"这……这……我的……"

独角鲸以闪电般的速度轻轻摆动头,把阿奇的剑从手中打掉,然后游向尼普顿。

"我的独角鲸!"尼普顿惊呼道,然后他开始笑起来。"我记得你,我的朋友。"尼普顿说着将手放在独角鲸的头顶,吻了吻它的犄角。"把他们带回来!"他命令道,"把我的记忆带回来!"

独角鲸把头向前倾,垂下他的犄角。尼普顿也低下了头,让独角鲸的犄角碰到他的前额。就在这时,火花四溅,他们周围开始噼啪作响。电光在他们周围的水面上闪耀,在浪尖上舞动跳跃,把他们俩包围在一个色彩绚丽的螺旋形光圈中。

这股电光旋转向上,呼啸着从尼普顿头顶上方的一个点钻了进去,最后完全消失了。

尼普顿把一只手轻轻地放在独角鲸的头上,然后环顾四周,看着我们。他的表情完全变了。他看上去就好像是摆脱了已经积压在他身上百年之久的压力。

"我想起来了!"他说。

"你想起了什么?"阿奇紧张地问。

尼普顿笑了,然后他用一种安静而淡定的声音说:"所有的一切。"

"很多很多年以前,统治海洋的方式跟今天是完全不同的。我从记事开始就要学习这些技能。那时我父母统治着大海,是我们的父母。"尼普顿说道。

接着,他停了下来,望着天空,就好像在那里他能看到早期他的家庭生活景象。"那样的日子因为我父母的突然死亡而结束了。"他接着说,"我们的父母并排躺在那里,生命垂危,弟弟涅尔德和我一起守在年迈的父母身边哭泣。但是我们的父亲不许儿子们哭泣,他不允许我们的眼泪掉进海里。就在他的生命即将结束的日子里,他建造了一座独一无二的岛屿,那是一座由山脉组成的岛屿:巨大的山峰高低起伏,高耸入云,比任何人以前看到过的山峰都要高。"

我们听得入了迷,尼普顿继续讲道:"他把我们的眼泪放在了山顶上,然后把它们变成了冰。他告诉我们,他不让我们再表现出这样的软弱,他要我们向他保证,我们一定会实现他这个临终的愿望。"

"当然,你做到了,"比斯顿先生说,"我们都知道尼普顿是今天最强大的统治者。"

尼普顿皱着眉头。"我们当然要向他许下这个承诺。"他简明扼要地说,"但是作为交换,父亲对我们的眼泪做出了让步。他让那些最高的山峰顶上最厚的冰层保留了一种魔力,这种魔力能使我们两人都远离危险。除了我们,没有人能接触那些水——而且当我和涅尔德受到伤害时,它还会帮助我们。"

"我明白了。"我说,"当午夜的阳光照在冰上面,使冰融化成水时——那就是你们的魔法水。这就是我们能抓住它的原因,因为我们拥有你的力量。"

"这也是魔法水能烧伤任何试图触摸它的人的原因。"亚伦补充说。

尼普顿很快向我们点了点头,然后继续说:"我们的父母去世后,多年动荡不安的统治就开始了。我弟弟和我从来都不会以相同的方式看待事物。我们两个都不满足于自己所拥有的,都在为能够获得更多而奋斗着。但是,就我而言,这一切仅限于激烈的争论,但涅尔德却想要更推进一步。"

"他做了些什么?"亚伦问。

"他什么也没做,他只是想做!幸运的是,在他将要把计划付诸实施之前,我在他身边安插的间谍阻止了他的行动。"

"他的计划是什么?"我问。

"他想制造海啸,他想制造出这个世界上前所未有的大海浪,比我父母曾经创造的任何山峰都要高的大海浪。"尼普顿摇了摇头,好像他自己都不能完全相信自己所说的话,"通过精确的定位和精准的定时,这样,当海浪涌起来的时候,最终会淹没所有的土地。"

"所有的土地?'所有的土地'是什么意思?"我问。

尼普顿与我对视了一下:"我的意思和你想的完全一样。他的贪婪是无法想象的。他的设想令人难以理解。他认为,如果我们都不满足于各自所统治的海洋大小,唯一的解决办法就是创造出更多的海洋。他想把陆地完全淹没——把一切都变成大海!"

我深深地吸了口气。涅尔德原来是想摧毁这个星球,把它变成一个大海洋,一点陆地都没有!怎么会有人这样想?

"我的间谍在计划生效前一天晚上告诉了我他的计划。我试着跟涅尔德讲道理,争论,甚至乞求他。他只是当面嘲笑我,叫我走开。就在那时,我意识到我失去了我的兄弟,这个人已经不再是我的家人了,这个人已经完全不可理喻了。他必须被阻止——这才是最重要的。"

"所以你把他变成了冰。"亚伦说。

"我对自己的所作所为并不感到骄傲,但我几乎没有时间思考采取其他行动。当我把我的兄弟和他的王国变成冰的时候,我的人也和他一起变成了冰。我没有告诉任何人我做了什么,这痛苦是无法承受的!我失去了我的父母,现在又失去了我的兄弟。不仅如此，我还失去了信心，我再也不能信任任何人了。知道自己做了什么，让我永远都无法快乐。如果我都不能接受自己的行为，又怎么能面对我的臣民和海洋，让他们接受我的统治呢？"

我突然意识到是谁拿走了尼普顿的记忆。

"是你抹去了自己的记忆！"我说。

尼普顿低下了头："我还能做什么？涅尔德的计划不能被允许实施，但我所做的也不是一个统治者该有的行为。"

"你是怎么做到的？"亚伦问。

尼普顿示意让独角鲸靠近他。他就游到离尼普顿更近的地方。

"是独角鲸。"他简单地说。

"但是怎么做呢？"我问。

"我让他用他的犄角刺进我的头，把我的那些记忆带走了。"

亚伦低声吹了一声口哨："他能做到吗？"

尼普顿笑了："独角鲸是一种最神奇、最特别的生物。他能做很多事情。"

"他对你的记忆做了什么？"我问。

"他把我的记忆带到一个再也没人能找到的地方。然后，我要他把我的忠心仆人——就是涅尔德身边的间谍给我带回来。那是我犯的最严重的错误。当派他去接我忠诚的随从时，我毫不犹豫地就把独角鲸送进了大山的深处，就把那儿的一切都变成了冰。在实施这一切的过程中,我心爱的独角鲸也被冻住了。"

我们都默不作声,有那么一会儿,似乎感觉一切都会好起来了:尼普顿已经想起了一切,似乎对一切都很满意;他心爱的宠物回来了;阿奇就在尼普顿身边,显然不会给他带来任何麻烦——也没有涅尔德的迹象,所以老鹰显然根本没有把水晶带给他。它一定是带着水晶一起走了,让涅尔德仍然冻在山中。

总之,我们似乎做得很好,也许我们都可以回家了。我正要这么说了,突然有什么东西拦住了我。

一阵隆隆的声音,似乎就是从我们周围传来的,接着整个海洋就像搅拌器里的奶昔一样泛起了泡泡,甚至海底都在震动。

我抓住亚伦的胳膊:"这是怎么了?"

"我不知道。"

海浪开始把我们都抛向四周,甚至连尼普顿和他的战车也在左右摇摆。

"握着我的手!"亚伦大声说,"也许我们可以对抗它。"

我握住亚伦的手,紧紧地抓着,但是什么也没有改变。如果有什么不同的话,就是更大的一波海浪扫过了水面。一条黑色的鳐鱼把它的鳍拍在了我的脸上,一只水母被拍到了我的尾巴上,岩石、石块和植物正从海底被连根拔起。

然后,海洋变成了一个巨大的旋涡,一个把我们都卷起并使我们旋转的大旋涡。接着,它又把我们推到了冒着泡的海洋表面。

我们擦着脸上的水,拨开挡住了眼睛的头发,喘着粗气,环顾四周,想看看到底发生了什么事。

那一刻,大海继续攻击着我们,巨大的浪花喷涌而出,升到空中,然后就在我们周围坠落,就好像一个暴怒的巨人把海水做成的石块扔向大海。

然后这一切突然就停了下来,就像之前那样。大海没有了动静,也没有了愤怒,什么都没有了,有的只是一片平静。一边被山脉环绕着,另一边是冰封的冰川,远处是一个蓝色的波光粼粼的峡湾,眼前的一切就好像这场混乱从未发生过。

我环顾四周,每个人看起来都狼狈不堪,并且非常困惑,好在他们都还在这里。

"现在该怎么办?"我问。

一个声音来自很远的地方——冰川另一边的峡湾。

"现在,让我们决斗吧!"

是涅尔德!他已经从海底升了起来,正在对我们说话。

尼普顿抬起头来看着他的兄弟。我不知道此刻他在想些什么,从他脸上的表情什么也看不出来,看来兄弟见面后假装友好的拥抱已经完全没有必要了。

"是时候永远结束我们的争吵了。"涅尔德大声说,"唯一的解决办法就是一场殊死的搏斗!"

尼普顿继续盯着他的兄弟。"如果这是你的选择,那就顺其自然吧！"他最后说。

"我给你一天的时间做准备。"涅尔德说，"我们午夜在这里碰面，为我们的未来而战。"

"很好，"尼普顿说，"胜利者将统治所有的海洋。而失败者……"

"失败者就去死！"涅尔德大吼道。

周围的一切都静了下来。大海静止了，天空也冻结了，仿佛连风都停了下来。

然后尼普顿回答道："同意！"他咆哮着。

涅尔德发出了一阵可怕的、咯咯的笑声，然后就消失在了他出现的地方。

尼普顿转向我们。"你们都离开我吧！"他说，"我经历了一段漫长的旅程，今晚要和我兄弟战斗，需要休息一下。"

"我们能做点什么吗？"亚伦问。

尼普顿摇了摇头，说："这是我弟弟和我之间的事。"

但有什么事困扰着我：一种可怕的感觉从我心中升起，感觉这一切都是我们的错。"等等！"我说。

尼普顿转向我。

"我的意思是——请等等，陛下。"

"还有什么事？"尼普顿问。

"我还有一些事情想问。"

"很好，问吧。"

我有些犹豫。我不想让他觉得是我和亚伦把一切都搞砸了，但我需要确认一下。

于是我说："如果我们从来没有来过这里，涅尔德就仍然会被冻在这里，你也永远不会知道这件事。事情就不会发展到这一步。这次的旅程就是在浪费时间，或者更糟？是因为我们来这里才造成了这一切吗？"

尼普顿温柔地看着我说："你离真相不远了。每年午夜的阳光照在山上，都会使得冰川融化一部分。这一切发生得很慢——但一直在慢慢地发生！涅尔德最终会在某个时刻获得自由。"

"什么时候？"亚伦问。

"谁知道呢？"尼普顿回答，"可能是明年，也可能是五十年后。我所知道的是，这一切终会发生——这里没有人能阻止他。因为你们，我们都来到了这里——我们至少有机会与他那邪恶的计划做斗争了。"

他对着亚伦和我微笑。"你们之前的行为很勇敢，"他和蔼地说，"现在我们必须确保我们能获胜。"于是，他冲阿奇招了招手，让他和他一起上战车："来吧，阿奇，我们走吧！"

在海豚们拉着战车开始移动时，尼普顿转向我们。"祝你们平安，"他说，"咱们午夜见。"

第十六章

阿奇的秘密

这一天的其余时间都在恍惚中度过了。在某个时刻,我们回到了船上。肖娜和独角鲸待在一起,我们去找米莉让她把整个事件推测一下,但情况不太好。米莉听说阿奇在附近,却没有来看她,显得很伤心。

嗯,她的确是个很好的伙伴。这一天剩下的时间里她对我们几乎没有露出过笑容。我们早早地吃了晚饭,决定在和尼普顿见面之前休息一下。

米莉和我回到我们的船舱,把闹钟设置到十一点半,以防我们睡过头。米莉几分钟后就睡着了,仰面躺着,张着嘴,像往常一样打着呼噜。我盯着天花板,脑子里一片混乱,满脑子的问题让我几乎无法闭上眼睛。

不过,我一定是在不知不觉中睡着了。不知过了多久,一阵轻轻的敲击声惊醒了我。我从床上爬起来,走到门口,顺着走廊往外看,那里并没有人。一定是我的幻觉。

我正要上床时又听到了敲击声,这一次我才意识到它是从舷窗外传来的。我俯身向窗外望去,看到有个人在外面。我伸长脖子想看看是谁。

阿奇!他想干什么?

他用一根手指向船的后部指了一下,然后对我说了些什么。他让我去见他。"叫上亚伦。"他说,然后举起手示意五分钟。我悄悄地走出客舱,去找亚伦。

我们把身体探出最低层甲板上的栏杆,想听听阿奇要说什么。

"我没有太多的时间,"他开始说,"我不想让尼普顿知道我在这里。"

"我打赌你不敢让他知道。"我不由自主地脱口而出。

他看着我:"什么意思?"

我咬住嘴唇。

"她是说我们不信任你,"亚伦说,"我们一直在谈论你所做的一些事情,但这些事情并没有联系。"

"什么事情?"

我告诉他说:"那次我在米莉家看到你,当时你的行为很奇怪,当你听说我们要去旅行时,你的反应也很奇怪。"

"还有你叫我去吻爱美丽的时候。"亚伦说着脸涨得通红,"我们不知道你到底要做什么,但我们认为你肯定是在做什么。"

有那么一会儿,阿奇什么也没说,然后他举起双手。"好吧,你们把我逼到角落里了,"他说,"让我告诉你真相吧。"

不管我期待他说什么,事实并非如此。我以为他会试图否认,老实说,我真希望是我们错怪了他。我希望他对古怪的行为能有一个完全合理的解释,但似乎我们一直都是对的:阿奇不值得信任,他正要坦白一切。

"其实,我早就知道尼普顿的故事。"阿奇开始说。

"怎么会这样?"我问。

"有一队人鱼,是一个非常秘密、经过精心筛选的群体。我就来自他们。"

"他们是谁?他们到底有什么特别之处?"亚伦问。

"我们知道全部的真相,我们是维护和平的人。"

"你是最终的和平维护者?"我问,"如果我们觉得这难以置信呢?"

阿奇耸了耸肩,慢慢说:"那也不能怪你们,我只要求你听我说完。"

亚伦和我交换了一个眼神,亚伦点了点头。"那就说吧!"我说。

"我第一次见到你,是你站在尼普顿面前的时候。你给我们留下了深刻的印象。我的上级告诉我,我们必须监视你。"

"监视我!"我一下子爆发了,"就像比斯顿先生以前对我做的那样,监视我?"

"不是监视你,不是!"阿奇马上说,"我们只是让人靠近你,看看事情进展如何,因为我们觉得你可能很特别。事实证明我们是对的。"

"你是说,你走进我们的生活,这一切并不是巧合?"

"不是,至少不完全是。"

"你开始和米莉约会就是为了这个……"

阿奇此刻看起来确实有些尴尬。"我非常关心米莉,"他说,"但是……"

"但是整件事都是一个大谎言!"一个声音从我身后传了出来,我转过身。

"米莉!"阿奇努力想把他脸上惊恐的表情隐藏起来。因为这是几天来他第一次见到他所谓的女朋友,如果他能有平常那种忧郁的爱慕表情可能会好一些。

"我在船舱里听到爱美丽和别人说话,"米莉的声音听起来很平静,"我突然想到可能是你,但是,不,肯定不是。你不会到这里来,而不来见我——你的爱人!"

"米莉,我——"

"所以我假装睡着了,"米莉继续说,不理他,"然后我就跟着她,接着我就发现了——我的爱情完全是个谎言。"

我忍不住瞥了亚伦一眼。我理解米莉她此刻的感受！亚伦转过身去避开了我的目光。

"米莉，我们也许现在是在不恰当的时间见面了，但这并不会让我们的关系变得不真实。"

"我们的关系已经不存在了！"米莉脱口而出，她转向我，"爱美丽，对不起。我本该相信你的。"

"米莉，求你了！"阿奇乞求说。

米莉又转过身去面对他。"我正好想问问，"她说，"那天你去我家到底想干什么？这次请说实话。"

"那好吧，"阿奇说，"我告诉你，我在看你的日记。"

米莉倒吸了一口气："你在干什么？"

"你还记得有时候我们会告诉对方自己的梦，对吗？"

米莉抱着肩膀，噘起嘴唇表示回答。

"有时候你说的内容我很熟悉，"阿奇接着说，"你描述了我听过的场景，我的家人在世代相传的故事中向我描述过这些场景。我们珍惜这些故事胜过珍惜我们的生活。你描述的地方对我们来说是神圣的，而你从来没去过这些地方。"

米莉坚定地说："但这仍然不能解释你为什么在我家鬼鬼祟祟。"

"你告诉过我，你总是把你的梦记录在一个本子里。我需要那个本子。我们知道时间不多了。尼普顿显得很不安，我怀疑有什么事情要发生。"

"我知道你也在监视他！"米莉大声地说。阿奇没理她，继续说下去："我需要你们明白我来自哪里，我不是敌人！我可能是唯一能让尼普顿死里逃生的人！我需要你们的帮助！"

"你是说你认为尼普顿会输给他的兄弟吗？"亚伦问。

阿奇摇了摇头："我是说，我知道尼普顿会输。如果我们不阻止这件事的发生，尼普顿将在今晚午夜死去。"

"你凭什么这么肯定？"我质问道。

"我知道涅尔德的为人。在他变成冰人之前，我们的人世世代代都在关注着他的所作所为。他不按规矩办事，按自己的套路出牌。相信我，他很卑鄙，尼普顿一点机会也没有。"

米莉慢慢靠近栏杆，跪了下来："所以……所以你的意思是，一直以来，所有这些秘密……都是为了支持尼普顿？"

阿奇慢慢靠近，抬头看着她的眼睛："完全正确。我以前不能告诉你这些，因为我们的行动是最高机密，即使尼普顿也不知道这件事。"

"为什么不能？"我问。我对他所说的一切依然表示怀疑。

"你能想象如果他知道有一个精英团队，他们的唯一目的就是保护他免受伤害，他会怎么想？他该如何应对？"阿奇回答，"尼普顿故意抹去了自己的记忆，我怎么能在不提醒他的情况下揭露一切他选择忘记的真相呢？这会毁了他的。"

"但刚才你说涅尔德会毁了他？"我说。

"如果我们能帮得上忙，就能阻止这一切。"阿奇转身对米莉说,"亲爱的,我很抱歉结局会是这样。我知道我们在一起,可能与我的工作有更多的关系,但每个人都知道你对我来说不仅仅是工作。你是我的日出、我的满月、我的……"

"我原谅你!"米莉大声说,并给他抛去一个飞吻,"我理解你!哦,亲爱的,你仍然是我的英雄。"

阿奇微笑着,向米莉回了一个飞吻。

我不得不承认,他所说的一切听起来确实可信,只有一件事仍然困扰着我。"你为什么一开始要盯着我?"我问。

阿奇说:"你第一次在法院演讲时,我们就知道你是一个有潜力的且能给我们提供帮助的人。如果尼普顿真的处于危险之中,你可能是我们需要的人。事实证明,你比我们想象的更有价值。"

"是因为我和亚伦找到了戒指,得到了尼普顿的力量吗?"

"完全正确。从那之后,我们知道,如果尼普顿的力量被夺走,仍然需要你们来拯救他,使他免受任何威胁。"

"这就是为什么每次我们失去力量,你都会热心地帮助我们找回它?"亚伦插了一句。

阿奇迎着他的目光,然后又看看我。"没错,"他说,"我不知道这是否有效,但我知道它值得一试。"

我使劲摇头,不知道自己该怎么想。

阿奇说:"我的一生一直都在等待这个时刻。你们必须帮助尼普顿,你们的国王。而且你们必须相信我。"

亚伦看着我,我点了点头。阿奇说的是实话,我现在明白了，他极力不让尼普顿惹上麻烦，我再也不能怀疑他了。他说的一切都是对的，我们必须帮忙。

"我们相信你。"亚伦说。

"哦，我的阿奇，我勇敢、聪明的宝贝，"米莉尖叫着，"我为你感到骄傲！"

阿奇向我们大家微笑着，脸上露出了轻松的表情。"谢天谢地，"他说，"好吧，听着。我们不能再浪费时间了。米莉，等我！我会回来找你的。爱美丽和亚伦，来我这边，让我告诉你们我的计划。"

我和亚伦从船上下来，和他一起下到水中。他说："我一直在琢磨这件事，只有一个办法，我们必须让独角鲸拿走尼普顿和涅尔德的记忆。如果他们两个都不记得之前的事，他们就可以统治他们各自的海洋，就没有人需要为此送命了。"

"这听起来是个好计划。我们需要怎么做？"亚伦问。

阿奇转向我："你能听到独角鲸的话，对吗？"

"你怎么知道的？"

"我看到了。它回来的时候，我看到你和它交谈了，不是吗？"

我点点头："我和他谈过。"

"那么，我觉得这一切就都要取决于你了。"

"你想让她做什么？我不会让你把她置于危险之中的！"亚伦警告说——这听起来很甜蜜，但有点不太适合他说。

"告诉我,我该怎么做?"我说。

"我们趁着尼普顿睡觉的时候带独角鲸去见他。告诉独角鲸要像以前那样把尼普顿的记忆取走,要把他和他兄弟争吵的所有记忆都抹去。然后,我们必须把我们所有人对这件事的记忆都抹掉。"

"米莉的呢?"我问。

"她的也要抹掉。我们将把独角鲸带到海岸线与她会合,然后在那里做这件事。"

"我还要带独角鲸去见涅尔德吗?"我忍不住颤抖地问道。一想到这件事,战栗的感觉就在我身体里来回乱窜。我该怎么面对他?阿奇指望我接近他,趁他睡着的时候偷走他的记忆吗?我估计我做不到。

"告诉独角鲸听我的指示,我会带他去找涅尔德。你去做这件事太危险了。"

我松了口气:"谢谢。"

亚伦说:"好吧,让我们开始吧。我们越快开始,就能越快……"

"还有一件事。"阿奇看起来很不舒服。

"什么?"我问。

"我还没告诉你下一步该怎么做。"他现在看起来有些尴尬,转过身去,避开了我的眼神。

我有些着急地说:"怎么了?"

"你得把独角鲸带走。"他说。

他为什么觉得这么难以启齿?"好吧,让我知道我要带他去哪里,我会的。"

阿奇终于鼓起勇气迎着我的目光说:"爱美丽,你得把他引向死亡。"

那一刻没有人说话,我们都以为自己听错了。"再说一遍?"我终于咕哝了一声。

"你没听错,"阿奇说,"他必须带走所有的记忆,确保它们永远不会回来。这是唯一的办法。"

"我不会这么做的。"

"爱美丽,你必须这样做,否则这场兄弟之间的战斗将永远持续下去。我向你保证尼普顿的结局不会很好。"

我正想跟他争论,但我听到了一个声音。

"去做吧。"

我环顾四周。一个熟悉的身影正在靠近:独角鲸。

"照他说的去做。他是对的——这是唯一的办法。"

"不!我做不到,你并没做错什么。这不公平!"

"求你了,别担心我。我准备为尼普顿献出我的生命。这是一种荣誉。拜托,我们别无选择。"

最后,我转向阿奇,点了点头。让他认为我会这么做,但我知道我不会让独角鲸死去——我不会。我不知道该如何阻止它——但是我想到了一些事情。我不得不这样做。

第十七章

阴谋陷阱

我看着独角鲸取走了尼普顿的记忆。他用长长的犄角抵在尼普顿的前额上，五彩的火光在他们周围静静地流动——尼普顿在睡梦中对此一无所知。

一切结束后，我跟着独角鲸穿过黑暗的隧道来到了阿奇让我们去见他的地方。

"完成了吗？"阿奇问。

我点点头。

"每个人？"

"所有人。"我确认。

"现在就剩下你、我和涅尔德了。"

"干得好。我现在就带独角鲸去找涅尔德,我会让他先删除涅尔德的记忆,然后是我自己的,二十分钟后见。记住,当我再次见到你时,我就不会记得我们为什么会在这里了。相信独角鲸,他会带你去你应该去的地方。"

"我会等你的,"我说,"求你了,快点。"

阿奇点了点头,然后转身游走了。我看着他和独角鲸消失在黑暗的隧道里。

二十分钟后,他们回来了。

"嘿,爱美丽!你怎么到这儿来了?"阿奇笑着说。

"是你让我来见你的,"我回答,"我就在上次见到你的地方!"

阿奇疑惑地看着我:"嗯?上次我看到你是在布莱特港啊!"

哇!真的是这样,独角鲸已经取走了阿奇的记忆。我浑身发抖。现在一切都取决于我了,我是唯一知道这一切真相的人。

"哦,是的,哈哈,"我说,"我开玩笑呢!我是来度假的,你呢?"

"我出差,和尼普顿一起出来的。千万别问我来干什么——因为我不知道!我想他可能是想去北方旅行。"

就在这时,独角鲸从阿奇身后游了出来。

"哇,独角鲸!"阿奇吸了口气惊呼道,"你不是总能看到他们！他们非常罕见，你知道吗？"

"真的吗？"我的声音听起来就好像我从来没见过独角鲸。

独角鲸游了过来，用鼻子蹭我。

"它喜欢你。"

"嗯。"

阿奇用拇指指了一下尼普顿休息的地方说："不管怎样，很高兴见到你。我最好去看看我的老板。"

说完，他就走了。我被留在黑暗的隧道里，只有独角鲸和我完全明白接下来我们要执行的可怕的任务——这是一个我向自己保证无论发生了什么事，我都不会去执行的任务。

独角鲸和我一起继续游，让人心碎的是他似乎知道路，他清楚地知道他必须去哪里面对自己的死亡。好吧，他可能会听天由命，但我仍然不愿接受这一切。我会想办法解决的，我发誓！

我们游过一群神奇的透明生物，它们有着羽毛般轻盈的长腿，身体周围的丝状物闪闪发光。我们游过一片海底的礁石，礁石上长满了淡黄色的灌木和绿色的大植物，看起来就像巨大的卷心菜。接着我们又遇到了一大群鱼，那么多鱼一起向我们游来，使得海水都像变成了黑色。

我们游啊，游啊，直到周围的环境开始变得熟悉起来。我们在隧道里，就是肖娜、我和独角鲸一起从涅尔德的山里逃出来的时候经过的那条隧道，就是涅尔德和他的警卫都不知道的，通向深水池的那条秘密隧道。

那里没人知道。

就是这样！完美的解决方案！

我用力摆动尾巴，赶上了独角鲸："停下来！我有个主意。我们不必那么做了！"

独角鲸转过身，抬起了头。

"带我去隧道尽头的秘密水池，"我说，"没人知道那里，我可以把你留在那儿。"

独角鲸没有动。他明白我说的话了吗？他歪着头，好像要和我沟通，但还是什么也没说。"带我去水池，"我又说，"求求你了！"

独角鲸沉默了一会儿。然后他低下头，转身领路。

我们一起静静地游过这条秘密隧道，穿过黑暗的裂缝和细细的缝隙，来到涅尔德山中的那个秘密基地。

我用胳膊搂住独角鲸的头，吻了吻它的犄角："你独自待在这儿，好吗？"

独角鲸点点头，我猜他一定是哽咽得说不出话来。我自己几乎也是这样的。

我说："你就躲在这里，也许躲几天，也许一个星期，我保证，一旦尼普顿和涅尔德再次成为朋友，这一切就都结束了。他们会离开这里，你就可以再次从这里出来，你会自由的。"

我看着他小小的黑眼睛,抚摸着他那布满斑点的灰脑袋。他看上去很漂亮,也很伤心。他的眼睛好像在说什么,但他还是不肯说出来。

"小心点!"我说着,把头靠在了他的头上。我吻了吻他的额头。"是时候了,把我所有的记忆都带走吧!"我流着眼泪哽咽地说,"一定要把它们都拿走,这样我就没有机会背叛你了。"

我任由自己的眼泪恣意流淌着,我注意到我并不是唯一哭了的,伸手抹去独角鲸的眼泪。他转身离开了我,可能是因为我看到他哭了而感到尴尬。当他再转过身来时,我感觉到我手里多出了一样东西。

我低头一看,是独角鲸的眼泪凝结成的一颗水晶!它在我的掌心里闪闪发光。我紧紧握住这颗水晶,把它塞进了上衣口袋。一旦独角鲸取走我的记忆,我就不知道它是什么了——但是,即使它不能再让我想起他,至少我能保留这样一件美好的物品,这是从我曾经认识的独角鲸那里得到的。

我又给了他最后一个拥抱。"再见!"我低声说,然后我卷起尾巴,低下头,闭上眼睛,等他用犄角来碰触我。

过了一会儿,我感觉到额头被一股微弱的压力轻轻划过。

"我永远不会忘记你。"我说,尽管我知道我的想法是错的,魔法会生效。一旦我离开这里,我就会忘记他。这就是现实。

当我朝着船的方向游时,午夜的阳光照耀着我。我太累了,真不明白我怎么会大半夜出来游泳！我苦笑着摆了摆尾巴，潜入水下。

我坐在港口附近的卵石滩上摇着尾巴，等着它变干，等着我的腿变回来。然后我回到船上，朝我的船舱走去。

米莉已经像往常一样睡着了，打着呼噜。当我脱下衣服准备睡觉时，有样东西从我的上衣里掉了出来。我弯腰去捡，这是什么？它看起来像某种晶体。当我把它放在手心里时，它闪闪发光，在船舱周围洒下一片光晕。这到底是从哪里来的？

我把它塞到了抽屉里。我太累了，现在什么都不想做，只想睡一觉。

明天早上再想水晶的事。

"爱美丽，醒醒！"

我努力睁开了一只眼睛。米莉倚在我身边，用手摇晃着我。

"哦，太好了，你醒了！"她笑得很灿烂，"来吧，我们走吧。"

"去哪儿？"

"去吃早餐，我们是第一拨。然后我们就和阿奇一起出去，他派了船来接我们，他说在船起航前请我们出去玩。"

"太棒了！"我从床上跳起来，穿好衣服，跟着米莉下去吃早饭。

"孩子们，你们今天想做什么？"比斯顿先生在吐司上抹了一层厚厚的果酱,说,"船长说今天下午我们要出发了,现在风暴终于过去了。"

"米莉说,阿奇要带我们出去玩。"我说。

"听起来真不错。"比斯顿先生擦了擦嘴。他下巴上沾了点橘子酱,但我没有告诉他:"每个人都很享受这个假期,对吗?"

"完全正确!"亚伦说。

"绝对正确!"我补充说。

"再好不过了。"米莉一边喝茶一边说。

我狼吞虎咽地吃完了早餐,迫不及待地想知道阿奇为我们安排了什么。

半小时后,我们绕过岬角来到了一个小海湾。在我们视线不远处米莉坐在一条小船上,靠在船边和阿奇亲吻拥抱。他朝她咧着嘴笑。真是的,这两个人——他们能不能休息一会儿?

我、亚伦和比斯顿先生在水里,肖娜也加入了我们。她也是来这里度假的,这样她就可以跟我们在一起了。

没多久,我们就看到有什么东西向我们游来,看起来非常熟悉。是尼普顿!他来这里干什么?

他坐在车上,还有其他人跟他在一起。等等——我看到重影了吗?另外那个人跟尼普顿几乎一模一样!

他们的战车朝着我们而来,两人都在咧着嘴笑,开心地说着什么。

尼普顿从马车上下来，伸出一只手指着身旁的另一个"他"说："我要给你们介绍一位非常特别的人，这是我的孪生兄弟。"

他的什么？

"他是我失散多年的挚爱的兄弟，涅尔德。"他转向他的兄弟，"我们有多久没见过对方了……有多长时间了？"

"我记不清了。"镜子里的"翻版"——涅尔德回答。

尼普顿突然大笑起来："我也不记得了！最重要的是，我根本不在乎！我关心的是你现在在这里了，我们必须得庆祝一下。"

涅尔德从马车上下来，用胳膊搂着尼普顿。"我亲爱的兄弟，"他笑着说，"我完全同意！我们开个派对吧！"

尼普顿把他的三叉戟举到空中。"派对——这真是个好主意！我来安排！中午，大家都来了，我们要好好庆祝一下。"

于是，两兄弟又回到了车上，一路谈笑风生，拍打着对方的后背离开了。

亚伦说："哇，阿奇肯定知道该如何安排这次的活动。"

"不只是他，我也等不及要参加这个派对了！"我附和道。

"在我们继续度假之前，做好这件事。"比斯顿先生补充说。

"来吧，看谁先回到船上。"亚伦说着转身用尾巴拍打着水，水花溅了我一身。

我们一起游着，欢笑着，彼此嬉戏着，真希望这辈子一直就这样过下去。

我们一回到船上，我就到船舱里去为派对做准备。我看到镜子里的自己——我的头发简直难看极了！我打开抽屉，找我的梳子。

那是什么？

我抽屉里有件东西在闪闪发光，看起来像是一束光穿过万花筒，白雾缭绕，舞动的光充满了整个抽屉。这好像是从抽屉后面的什么东西里发出来的。我把手伸进里面摸索着，我的手指碰到了一块坚硬的东西：水晶。我隐约记得昨晚把它放在抽屉里了，但我并不知道它是从哪里来的。

当我把它放在掌心的时候，我有一种非常神奇的感觉。我不能把手指放在上面——那是什么？感觉像是悲伤，但还不只是这些，是更强烈的感觉——是什么呢？我知道这听起来很愚蠢，但那感觉就像是家人——就像我爱的人在叫我的名字。我把水晶放在手里翻来覆去地看。

我握得时间越久，就越觉得有一股力量在拉我。

"跟我来。"

我一阵眩晕。那声音是从哪里来的？

我低头看了看我伸出的手掌，觉得我可能是疯了，但那声音好像真的是来自水晶！"是你吗？"我低声问道，我知道这看起来是有点傻，很高兴周围没有人听到我正在跟我的手说话！

"跟我来。"听起来就像是回声。

我关上身后的舱门,紧紧地攥住口袋里的水晶,去找亚伦和肖娜。

我在休息室里找到了亚伦,他正在和比斯顿先生、米莉打牌。

"跟我来。"我在他耳边小声说。

比斯顿先生挥了挥手。"没关系。你们这些孩子,去玩吧!"他笑着说。

"怎么了?"亚伦问道。他跟着我下了船,穿过走廊。

"跟我来。"我说。

我们溜回海里,游到肖娜住的小海湾。

我们聚在一起,在一个完全看不见船的地方,我拿出水晶给他们看。它在我的手中闪闪发光,像烟花一样迸发出来。那光似乎形成了一个箭头,指向大海。

"哇!"亚伦惊呼道,"它看起来像在大海中指出了一条路。"

"我知道。让我们跟着它,看看它把我们带到哪里去!"我建议。

"真棒!"肖娜笑着说,"又一次大冒险!"

我们一起出发了。我游在前面,手里拿着水晶,让它在水中照亮前面的路。我们跟着它,穿过蓝色的峡湾,穿过开阔的大海,游向一片美丽的雪山。这将是有趣的一天!

水晶把我们带到了离山更近的地方,带着我们进入了一条幽暗的隧道。这些隧道蜿蜒曲折,随着我们尾巴的每一次摆动,我们游得越来越深,感觉就像我们正游进一座山的中心!

"这太吓人了。"肖娜说。

"是的,但很有趣。"亚伦补充说。

我们继续在黑暗中向前游,周围唯一的光就来自水晶——它引着我们继续前进。最后,我们来到了一个光明之地。

"哇!这里多漂亮啊!"肖娜喘息着。

隧道变成了一条河流,汇聚成一个闪闪发光的湖泊,湖泊周围环绕着山。山环绕着静静的湖水,阳光透过湖面照射下来,在水下像扇子一样铺开。

"那些是什么?"肖娜指着我们前面问。

"它们看起来像气泡。"亚伦说。

气泡?湖中有气泡?这件事听起来有点耳熟,但我想不出在哪里听到过。我以前不可能来过这里,否则我会记得的。也许是我梦到过。

"我们去看看。"亚伦建议。我和他靠近其中一个气泡。亚伦本能地伸出手来抓我的手,我也握住他的手,伸出另一只手去触摸那个气泡,那种感觉很奇怪。

"就像果冻一样!"我说。亚伦也伸手去摸那个气泡,他的手刚触到它,气泡就消失了,取而代之的是一幅图像。是亚伦和阿奇！他们正在说话。我觉得自己好像在看一部老电影。我靠得更近了，想听听他们在说什么。

"去吧，我敢说你知道你想这样做！"阿奇说。

"别说了，"亚伦回答，"让我自己待一会儿。"

阿奇咧嘴一笑，用胳膊肘捅了一下亚伦的肋骨："我敢打赌，你就是太胆小了。"

"我一点都不胆小。"

"那就去吧。今晚吻她！我出十块钱赌你不敢去。"

当亚伦盯着阿奇的眼睛时，他的脸涨得通红。我分不清是因为愤怒还是尴尬。"不管怎样，我本来就打算吻她，"他说，"不是因为你或者你的赌注，因为我想这么做，留着你的钱吧，我不想要。我只想让爱美丽做我的女朋友。"

影像渐渐消失了。

我望着亚伦，突然想起了一场很大的争吵。我怎么会忘记了？

他回头看着我，眼睛里充满了震惊。"爱美丽，我——我完全忘记了这件事，"他说，"我怎么会忘记呢？我们为此而争吵，不是吗？但是……嗯，这不是我吻你的原因！我保证，我不是为了打赌才这么做的。"

"嘘，"我说，"没关系，我相信你。我知道你决不会为了打赌做那样的事。不管怎么说，这场争论也有一部分是我的错。"

"你想起了什么吗？"

"我不应该怀疑你。我之所以生气，是因为我那么在乎你。"我对他说，"如果你不在乎我，我会受不了的！"

亚伦笑了笑，把我的手捏得更紧了。"我当然也是同样的感觉！我决不会为了打赌吻你的。我做这件事只是因为我想。"他游得离我更近了一点，"事实上，我一直在想我是否有机会再吻你一次。"

他向我俯下身来，他的脸离我那么近，几乎靠在一起了，我闭上了眼睛。就这样，他又再次吻了我。我已经期待了好几天的那一刻终于来到了——

"爱美丽！亚伦！"

我们彼此分开，转过身去看看发生了什么事。

肖娜在一个气泡前徘徊，向我们招手，于是我们游了过去。

"这是什么？"我问，尽量不让她听出我声音中的怒火。她知道我为此等多久了吗？

"我在气泡里看到了一些东西！"她说，"但是很模糊，看起来像是我！我肯定是的！可我还没看清楚它就不见了。现在，它只是一个模糊的、浑浊的气泡。"

"抓住我的手。"亚伦说。我们手拉着手，三个人围在气泡周围，肖娜用手掌按住它。薄雾渐渐消失了，我们面前出现了一幅画面。肖娜说得没错——是她！她正在和一个人说话，另一条人鱼，我不认识他。他看上去比我们大一点，很高，很瘦，有深蓝色的眼睛、白金色的头发、亮绿色的尾巴。

"沿着隧道走，"人鱼对她说，"他会带你出去的。"

"你呢？你没事吧？"肖娜问。

人鱼笑了："我没事的。"他碰了碰她的胳膊，肖娜脸红了，把她的头发往后一甩。她准备离开，又停下来回头看他，他也还在看着她。在肖娜转身游走之前，他们又相视一笑。

像亚伦和阿奇的景象一样，眼前的一切也渐渐消失了。

肖娜的脸颊变成了粉红色。

"那是谁？"我问。

"我不知道！他是真的吗？我真不敢相信我会忘记他！"

她环顾四周看了看所有的气泡。"这是什么地方？"她低声问。

我仍然不确定，但我开始想起了一些事，我们以前来过这里！

我伸手拿出水晶，看到周围流光闪动。那闪烁的光比以前更白、更强、更亮了。我几乎能感觉到它在我手里嗡嗡作响。

"跟我来。"

"来吧，"我说，"它让我们继续前进，走！"

我把水晶举在面前带路。我们游到了湖底，尾巴在海床上拂过，跟着水晶，游得越来越远，越来越深。我感觉我们正朝着一个秘密的地方游去，比我们之前曾经去过的地方还要深。

我们身边出现了许多形状不同、大小各异的气泡。突然，水晶停止了嗡嗡作响,光线变成柔和的白色。一个气泡挡住了我们的去路,我们停了下来。

我们游过去,把手放在气泡上。很快,气泡就消失了,显现出了一个彩色的场景——我和一个海洋生物在一起。

"独角鲸!"我深吸了一口气。

亚伦转过来看着我:"什么?"

"我——我不知道那是从哪里来的,"我说。我也不知道为什么我的喉咙哽咽,更不知道为什么我的眼睛里突然涌出了泪水。

我们像之前一样等待着画面展开,但什么也没发生。什么都没有,只有我和海洋生物。我用胳膊搂着它的脖子,我们都在哭。

接着,我不知道我为什么要这样做,但似乎有某种东西让我放开了亚伦的手,游向画面。我手中仍然握着水晶,朝着画中的自己游去。

我把水晶举在面前,海洋生物的一滴眼泪落了下来,我的一滴眼泪也落了下来。当两滴眼泪混在一起的时候,水晶在我手中突然发出了光芒,就好像有人往上面倒了汽油,把它点着了。我忙向后跳,投入了亚伦的怀中。

我们三个人看着那光就像一整盒烟花被点燃了一样。

"我想起来了!"光最终平静下来时,亚伦小声说。

肖娜看着我,脸上带着恐惧和严肃的表情。"尼普顿!"

她说。

"他有麻烦了,"我补充说,"或者他曾经有麻烦。不知他现在是不是安全了?"

"我们三个人突然都有了新的记忆——但我仍然不知道我们该怎么处理。幸运的是,这一切看起来都是水晶安排的。它在水中闪闪发光,跳跃着,在我们前面散开,就像要逃走。它就像一只被人牵着的小狗,乞求我们快点走。

"跟着我。"

水晶把我们带到了一块岩石上最细小的裂缝前,它一直延伸到湖的最底部。在这之前我们从来没有到过这里,都是因为水晶的光,我们才发现了它。

"我们能穿过去吗?"亚伦问。

"只有一种方法可以到那里。"我一边说,一边滑进裂缝里,慢慢地游进黑暗中。

"我们到底在哪儿?"肖娜喘了口气。水晶把我们带到了一片充满着闪光气泡的空地上。这些气泡跟之前的气泡不同,它们只是盘旋着,保持着跟水晶自身同样频率的震动,既不跳动,也不到处漂动。

"你已经找到了我的记忆。我把它留在了那滴眼泪里,留给你。我希望能帮上忙。"

这声音似乎是从水晶里发出来的,这个声音我以前听到过。

"这是独角鲸的记忆!"我说。

亚伦伸出手来:"准备好了吗?"

我点点头。我们选了其中最大的一个气泡,它比我们三个人都大。我握住亚伦的手,我们三个人都把手放在了气泡上。不一会儿,闪亮的表面就在我们的手中消失了。

我屏住呼吸,紧紧地抓住亚伦的手,等着看会发生什么事情。

第十八章

紧张的派对

两个身影游进了视野,四周笼罩着薄雾。

我等待着,看着雾气消散,影像恢复了。

"是涅尔德和阿奇。"亚伦小声说。

"他们在做什么?"肖娜小声说。

他们挤在一个小山洞里,悄悄地说着什么。我靠得更近一些,想听听他们在说什么。

"你确定完成了吗?"涅尔德问。

"我肯定。尼普顿已经完成了,他的记忆和其他人的记忆一起被带走了。现在只剩下孩子们的记忆了,她会照我说的去做。

等她回来的时候,我们将是唯一知道一切的人。你对独角鲸施了魔法吗?"

一阵寒冷从我身上蔓延开来。他们在说什么?

涅尔德点了点头。"魔法只能持续到今晚十二点,但这已经足够了。这种生物无法与孩子交流,所以不用担心他会告诉她我们的计划。"

阿奇笑了,那是一个可怕的、邪恶的微笑,我以前从未见过这样的笑容。我在他脸上看到的唯一的微笑,就是他对米莉露出的那种忧郁的微笑。"很好,"阿奇说,"不管怎样,那东西一小时内就会死的。"

涅尔德对阿奇咧嘴一笑。"你做得很好,"他拍了拍他的背说,"你会得到奖赏的。"

"我的奖赏——它会是一个承诺给我家几代人的奖赏吗?"

"当然!从我记事起,你的家人一直是我最忠诚的间谍。你是我的得力助手,也是我最好的战士。一旦我们杀了我的哥哥,淹没了所有的土地,世界就会出现新的格局。所有的新领土都是我们的!我的朋友,你将统治最大的一个国家。"

"谢谢你,陛下!"阿奇说,"现在,我最好回去。我不想让爱美丽怀疑。"

"你知道怎么做吗?"

"当然。从现在起,我们俩必须表现得好像什么都不记得。"

"纠正你一下,时间不会太长的!明天,我们就把计划付诸实施。"

阿奇向涅尔德低下头。当他再抬起头时,他又笑了。"陛下,"他说,"我都等不及了。"

图像渐渐消失了。

好一会儿没人说话。我们能说什么?我们三个人只是盯着图像播放的地方。

亚伦最先反应过来。"这都是刚刚发生的,不是吗?"他说,"真不敢想象!"

"已经发生了。"我木讷地说。

"我们能确定这是一个真实的记忆吗?"

"非常肯定。我们看到的这些都是真的。"

肖娜摇了摇头。"我简直不敢相信。"她几乎要哭了,"阿奇!多年来,他一直是尼普顿最亲密的顾问。"

"他昨天告诉我们的故事全部是谎言!"我说,现在回忆又涌上了心头,"阿奇根本就不值得信任!"

我感到愤怒在我体内翻腾,驱散了困惑和震惊的迷雾。"我们要赶快回到尼普顿身边。"我说,"我们要提醒他——而且要快。他们今天就打算这么做。"

"但是我们怎么才能说服他相信我们所看到的呢?"肖娜问。

"我们会找到办法的。"亚伦说。

"我们必须这样做。"我补充说。

我们默默地转过身,游向黑暗,游回湖中,穿过山里的隧道，游到了开阔的海面上，我们的目的只有一个：找到一种方法，让尼普顿相信我们所看到的事情都是真实的。

"我告诉你，无论你要对我说什么，你都可以在我兄弟面前说！"

"但是陛下，"我坚持说，"这件事我们只想跟您单独说。"

尼普顿皱着眉头，朝我摇晃着他的三叉戟。"不要反驳我！"他咆哮着，"涅尔德是我唯一的家人！他是我最亲近和最亲爱的人，我跟他没有任何秘密。你怎么敢挑战我的权威！涅尔德跟我有同样的感觉。"

涅尔德冷冷地笑着，一只胳膊搭在尼普顿的肩膀上。"你和我——哥哥，我们永远是一个团队。"他说。

我觉得我可能要生病了。

亚伦游上前去，尝试用另一种方法。"陛下，"他开始说，"像你一样，我们很高兴你弟弟能回到我们的生活中，很期待你们俩一起来统治海洋。"他对尼普顿微笑着，亲切而令人信服："事实上，我们对你们的重聚感到非常高兴，我们想帮您为涅尔德准备一个特别的惊喜——一个神秘的惊喜！"

尼普顿放下了他的三叉戟。"嗯，啊，好吧，你要是准备这样做……"他看了看涅尔德，想征求他的同意。

涅尔德漫不经心地挥了挥手。"去，去吧，去做吧！"他兴高采烈地说，"我喜欢惊喜！"

最终,我们还是设法把尼普顿从他弟弟身边带走了。我们一离开涅尔德,就压低了声音,向尼普顿汇报了情况。

"涅尔德不可信。"亚伦直截了当地说。尼普顿盯着他看了好一会儿,然后大笑起来。"哦,真有趣,"他说着狠狠地在亚伦背上拍了一巴掌,差点把他噎住,"这是个不错的主意。我失散了很久,最亲爱的孪生兄弟,我刚刚和他团聚,也不知道这已经相隔多久了。我花了一上午的时间来处理这个问题,为我们将如何共同努力,以和谐的方式治理海洋制订计划。"

尼普顿的笑容消失了。他甩了甩大尾巴,游到了我们跟前,离我们那么近,我甚至都能看见他胡须上的早餐碎渣,能闻到他呼吸中早餐的味道。"你敢对我们兄弟撒谎,"他咆哮着,"我不会相信你们的,你明白吗?"

"是的,陛下!"我迅速回答,"我们当然理解。非常抱歉,我们只是——"

"我们只是在说实话。"亚伦坚定地说。

肖娜抓住我的胳膊。"快看!"她在我耳边说悄悄话。

我瞥了一眼她指的方向,阿奇跟涅尔德在一起。他们好像说得很认真,阿奇用拇指轻轻地指了我们一下,涅尔德看着我们,皱着眉头。

他们知道我们在干什么?以前有人跟踪我们到记忆之湖吗?他们知道我们跟他们一样也是在演戏吗?

他们正向我们游过来。

"你必须相信我们!"我急切地对尼普顿说,"求求你了!我们绝不会对你撒谎的。"

"我弟弟也不会!你怎么能这么残忍?在这样一个快乐的日子里,你怎么敢用邪恶的谎言来欺骗我?"

"如果你不听我们的话,这一天就不会快乐了!"亚伦急促地说道。

但为时已晚。涅尔德和阿奇加入了我们。

"这里一切都好吗?"涅尔德笑着问。

我咬紧牙,真想把他脸上那愚蠢的、虚假的微笑面具撕掉,真不敢相信他会像这样欺骗、愚弄尼普顿。我不敢相信他会赢。我不敢相信尼普顿没有意识到,如果涅尔德赢了,就意味着我们每个人都输了。

"一切都很好!"我一边说,一边勉强自己的嘴角也露出和他一样大大的笑容,跟他互相欺瞒着,"我们只是来告诉尼普顿,所有事情都安排得很顺利。"

"太激动了!"肖娜说,她笑得那么夸张,我很惊讶她没把眼睛笑得掉出来。

"你们俩一定会非常满意的。"亚伦说着,再次露出了灿烂的笑容。我们三个人都可以试镜去做牙膏广告了。

涅尔德环顾四周,皱了皱眉头。阿奇盯着我看,我屏住呼吸,微笑着祈祷他们能相信我们。

然后,涅尔德突然咧嘴一笑。"孩子们做得对,"他宣布,"太令人兴奋了！"

哇！我们做到了。现在我们只需要想办法让尼普顿在涅尔德和阿奇实施他们的计划之前能听我们的。

"没错，这太令人兴奋了，我们提前举办派对吧！"涅尔德继续说，"为什么还要再等一会儿呢？"

"没错，为什么要等呢！"尼普顿也同意了。

"太棒了！"涅尔德说，"我们现在就开始庆祝吧！"

我倒吸一口冷气。他这是要干什么？

尼普顿朝我投来了不满的目光。"听起来不错。"他说着转身回到了涅尔德身旁。

"给我半个小时，"涅尔德说，"我想给我兄弟准备一个惊喜。"

"我打赌你一定会的。"

"哦，我喜欢惊喜！"尼普顿说道。

"我很确定你不会喜欢这个惊喜的！"我低声说道。

"你说什么？"阿奇问。

"什么？没说什么，我只是说我也喜欢惊喜！"我木讷地说，"我都等不及了。"

"好吧，真是太棒了，"涅尔德笑着说，"现在，去找你的其他朋友吧，比斯顿还有那个叫米莉的人类，我们半个小时后就到这里见面。"他最后又环视了我们一番，带着一种我不敢相信尼普顿还没有注意到的、邪恶的微笑说："让我们开始庆祝吧。"

我们来到了峡湾顶端的聚会地点,就在山脉的前面。

"这真是太刺激了,对吗?"米莉在船上说。

阿奇游在她旁边的水中。"当然是,亲爱的!"他假笑着说。

"现在,"当我们游到山边时涅尔德说,"这附近的一个山洞里有一个特别漂亮的地方,我相信那一定是我们举办庆祝活动的最佳地点。来吧!"他伸手为我们指路,告诉我们应该去哪儿。"你先走。"他对尼普顿说,然后深情地拍了拍他哥哥的肩膀。

我们开始沿着峡湾向山洞游去。

"千万别跟他走。"

声音很柔和,只有我听到了。

"那是什么?"我问,转过身对肖娜和亚伦低声说。

"你说什么?"亚伦问。

"这是个陷阱。"

再说一遍,只有我听到了。那声音听起来好像是从很远的地方传来的,或者从隧道里传来的。"那声音!你没听见吗?"

肖娜摇了摇头。"我什么也没听到。"她说。

如果他们没有听到,那就只意味着一件事:是独角鲸!我使劲向前游,赶上了尼普顿,把他拉到了洞穴的边上。"求你了,陛下,"我抓住他的胳膊说,"别跟他去,我求你了!"

尼普顿低头看了看被我抓住的胳膊,把我的手推开说:"不要做什么？"

"别进去！这就是个陷阱！"

涅尔德游了过来，刚好听到我说什么。听到我的话，他大笑了起来。尼普顿瞥了他一眼，也哈哈大笑起来，然后他严肃地看着我。

"我不知道你为什么要破坏这个特殊的日子，"他说，"但我不会照你说的做！你听见了吗？"

我咬着牙根，说："我不是想搞破坏，我是想救你！"我转向涅尔德："我向你保证，他才是那个想破坏你生活的人！"

"我告诉你，孩子。"他的脸涨得通红，声音也提高了，"我不会照你说的做，我也不会让你……"

"她说的是实话。"

是独角鲸！这次听得更清楚了。听起来他好像靠得更近了一点。

尼普顿四处张望。"谁在说话？"

没有人回答。我的心都快要从喉咙里跳出来了，脱口而出："是独角鲸！"

"什么？"尼普顿问。

涅尔德游到我面前。"什么？"他大声咆哮。

"是独角鲸！"我们身后有一个声音说。

我们三个人转过头去看，就看到一个年轻的人鱼向我们游来。当他靠近时，我终于看出他是谁——塞思，就是帮助肖娜和我逃离这座山的人鱼!

他并不一个人。

独角鲸从他身后游了出来,直接游到尼普顿身边。涅尔德一看到他,脸色就变白了。

涅尔德指着独角鲸。"你死定了!"他不禁脱口而出。

独角鲸用他的犄角抵住尼普顿的额头。顿时,整个洞穴都被旋涡般的光彩照亮了,在独角鲸和尼普顿之间,一道跳跃的彩虹在空中舞动着、旋转着。

尼普顿凝视着涅尔德苍白的脸。"你!"他阴沉着脸说,"注定要失去你的记忆。"

有那么一刻,所有人都安静了下来,以至于我真的想知道时间是否被以某种方式冻结了。尼普顿盯着涅尔德,涅尔德也盯着尼普顿,阿奇盯着独角鲸,比斯顿先生盯着阿奇,米莉盯着天空,肖娜和塞思盯着对方。我和亚伦都盯着他们看,等着火花迸发而出。

大约过去了三十秒,他们就这么愣着。

第十九章

最后的决战

尼普顿冲出了水面,几乎是飞过去的,他一把抓住了涅尔德的脖子。

"你这个卑鄙、肮脏、撒谎的家伙!"他咆哮着,"你这个混蛋,卑鄙的海贼!你怎么敢这样骗我?假装是我最亲爱的、失散已久的兄弟,但实际上你是我曾发誓最憎恨的敌人!"

涅尔德依然沉浸在震惊中。他转向阿奇。"这是什么意思?"他恨恨地说,"我记得你告诉过我,你已经处理好了一切。"

尼普顿愣住了。他慢慢地转向阿奇。"阿奇?我最亲密的顾问?"他用颤抖的声音说,"你也是他们中的一员吗?"

阿奇低下了头。

"我想听你亲口告诉我这是真的!"

"亲口告诉你?"涅尔德恶狠狠地说,"他一直是为我工作的,有什么需要亲口告诉你?"

尼普顿仍然盯着阿奇。"为什么?"他小声嘀咕着。

阿奇终于抬起头来迎着尼普顿的目光。"我一直和涅尔德在一起,"他坚定地说,"这是我们家族的传承。"

尼普顿叨咕道:"你为什么要这样做?他给了你什么虚假的承诺?"

阿奇盯着尼普顿的眼睛说:"他向我承诺让我统治海洋中最大的一块区域。"

尼普顿冷笑道:"你相信他吗?"

"我没有理由不这么做。"

"你就是个傻瓜!"尼普顿轻蔑地摇了摇头说,"那你就跟着他吧!"

我游了过去问他:"我和亚伦呢?"

阿奇低下头看着我,好像我们就是他已经扔掉的垃圾!"你说呢?"

"你为什么要让我们拥有尼普顿的力量?真正的原因是什么?"

阿奇看着涅尔德。

"告诉他们!"涅尔德咆哮着,"现在它又能造成什伤害？"

"那时涅尔德已经开始融化了,"阿奇说,"午夜的太阳正慢慢地照射着他。我们知道有一天他会再次统治世界。我们有耐心,我们等待着。"

"但是后来,尼普顿停止使用失忆药,于是他开始想起了一些事情。"我说。

阿奇点了点头:"如果他在涅尔德解冻之前就想起所有事情的话,他会再次把他冻住的。涅尔德就永远也不能重新掌权。"

"你也永远不会得到你想得到的战利品了。"尼普顿悲痛地说。

"那么,为什么我们符合你的要求呢?"亚伦说,"你有没有想过我们可能会站在你这边?"

"你永远无法知道谁才是真正站在你这一边的。为了防止尼普顿记起所有的事情,我们需要在他亲自来这里之前把你们带到这里来,让你们接住融化的水,融化涅尔德。"

"事实上,我们最终做了所有该做的事情。"我说。

"事实证明,是的。"比斯顿先生插话,"这就是你那么热衷于护送他们去旅行的原因。"

"你为什么要让我给你打电话,告诉你这里发生了什么?"米莉愤恨地问。

我说:"这样你就能编造出要我们去找的谎言,让我们去照着做!"我觉得胃不舒服。

阿奇耸了耸肩。"我只是在做我的工作，"他说，"每个人都会忠于自己要忠诚的人。"

当厘清了阿奇告诉我们的一切后，我们都陷入了沉默。

然后塞思清了清喉咙，游上前来："嗯，不好意思。"

尼普顿用手托着头说："现在不行。"

"陛下，这很重要。"

尼普顿终于转头看向他。"等等，我认识你！我记得你是——"

"是的，我是你的间谍之一，我一直对你忠诚，但我们现在没有时间了。"他朝身后指了指，"涅尔德，他要溜走了！"

我们都看向塞思指的方向。他说得没错！涅尔德在干吗？他已经游到了峡湾的一半，似乎正在从水中升起来，把自己升得越来越高。他双手高举，慢慢地画了一个圈，他在说着什么——是念诵着什么。只见他周围的水开始泛起了涟漪。

塞思还在和尼普顿说话。"陛下，我很抱歉，但我真的认为我们应该……"

他的话——全都——被冲走了。不管涅尔德在干什么，他都是在严重破坏水资源。峡湾的水位上升了，海水在我们周围翻腾着。

米莉在她的小船里尖叫着。

"坚持住！"我大声喊道。

亚伦在泛着泡沫的水中挣扎着，想去帮助她。"把绳子扔给我！"他大声喊道。

米莉从甲板上扔下一根绳子,扔在了我们之间。海水越来越凶猛,我们奋力把她拉走了。

"阿奇去哪儿了？"尼普顿对我们大喊道。

我环顾四周。"在那儿！"我说。他正游过去要帮助涅尔德。他们要干什么？

"你们必须离开这里。"

"你听到了吗？"我对尼普顿说。

他点点头："我们快离开这里！"

我们拼尽全力,与刚才还很平静的峡湾的水流和旋涡做斗争。

"到开阔海域去,你们到那儿才能活下来。"

"快游！"我对其他人喊道,"游得越快越好！"

我们沿着峡湾急速前进,涅尔德的笑声穿过狭窄的通道,一路追着我们。

"快点游吧！"他喊道,"你们是阻止不了我的！现在没有人能阻止我！"

我的手臂像暴风中的风车一样快速摆动,我的尾巴像飞机的螺旋桨一样旋转。我能想到的是,我们必须摆脱涅尔德所做的一切。

最后,我们终于从峡湾的尽头游到了大海中。尼普顿带路,在他身后是比斯顿先生,接着是亚伦拉着坐在船上的米莉,然后是我,最后是塞思和肖娜。

我们气喘吁吁,环顾四周寻找着彼此。

"都出来了吗?"比斯顿先生问。

"我想是的!"亚伦说。

在我的尾巴后面,独角鲸用鼻子蹭了蹭我。"你现在安全了!"我喘着气说。

"跟你们现在一样安全。"

我颤抖着。"现在怎么办?"我问。

尼普顿摇了摇头:"我不知道。"

我们很快就知道该干什么了。

米莉是第一个看到它的人。她举起一只颤抖的手,指向我们刚刚经过的山谷。"看,看,快看……"她结结巴巴地说。

我转过身去想看看她在指什么。"但是……但那是……"我什么也说不出来了。之前的山谷和平静的峡湾以及周围高耸的山峰全都不见了,整个空间充满了泡沫和漫天的白色海水,海浪越筑越高,朝着我们冲来。它比我们以前看到过的任何一个海浪都要大,比我想象中的任何海浪都要大!

"海啸,"尼普顿低语道,"是他干的!"

"他这是在做什么?"米莉问。

"他想淹没所有的土地。"尼普顿说,他发出刺耳的喘息声,"他想把整个世界变成海洋。这就是他的计划,这一切都是这个计划的开始。"

水墙还在不断地加高,它现在比任何一座山都高,向着山谷的尽头飞驰而来——向着我们飞驰而来。

尼普顿狂喊道:"一旦它到达开阔的海域,它将达到难以想象的高度。那将是我们的末日——也是我们赖以生存的这个世界的末日!他花了很多很多年的时间酝酿这场灾难,将摧毁他所接触到的每一块土地!"

看着海浪前进的速度,我们似乎只有大约三十秒的时间来阻止它——如果我们能阻止它的话。

"做点什么吧!"肖娜疯狂地喊道。塞思抓住她的手:"陛下,你能用你的力量打败他吗?你的力量不是比他的强吗?"

尼普顿摇了摇头:"我可以减缓海浪的速度,抑制住它,但这只会让它有时间建造得更高。我没办法阻止它!"

"请试试吧!"我尖叫着。

亚伦向我游了过来,他握着我的手——就在他握住我的手时,海浪似乎慢了一点——但是增高了一些。它现在高高地耸立于群山之中,成了一座白色的、泛着泡沫的山峰。

"去跟尼普顿手牵手。用你的力量支持他!"

没错!我们还有尼普顿的力量!也许我们三个人的力量可以比涅尔德的力量更强大,我拉着亚伦游向尼普顿。"握住我的双手,在尼普顿周围围成一个圈!"惊慌使我说得飞快,"快点!"

亚伦照我说的做了。

尼普顿怒视着我们："你以为你是什么——"

"我们来帮忙！"我说。巨浪越来越近了，我都能感觉到水花溅在我的脸上。我甩了甩头，紧紧地抓住了亚伦的手。

"现在，努力想——你所有的想法都能阻止它！"我大声喊道。亚伦和尼普顿都点了点头。我也闭上了眼睛，紧紧抓住尼普顿身边亚伦的手，小声说："让海啸停止！冻结它，把它变成石头，做任何事情——只是不要让它发生。"

一次又一次，我低声说出我所能想到的一切，期望能在几分钟内拯救我们所有人免于灾难。

我注意到的第一件事是一只海鸥飞过头顶的声音。

等等——如果我能听到海鸥的声音，那就意味着我听不到数百万吨海水咆哮的声音，那就意味着……

我睁开眼睛。我们已经做到了！大海完全静止了！

"亚伦！尼普顿！大家快看！"我大声喊道。

我们一个一个揉着眼睛，环顾四周。

"涅尔德在哪儿？"肖娜问。

尼普顿朝着山谷的方向示意，刚才山谷里充满了巨大的海啸。涅尔德的波浪仍然在那里——只是它已经改变了，它不再是水了。

那是一座山，是周围最高的一座山。

尼普顿说："他总是说他会在海啸的中心。他曾吹嘘，那是他与生俱来的能力,他将推动它占据所有的土地。现在我们不仅阻止了海浪,还阻止了他——永远阻止了!"

"阿奇呢?"我问。

尼普顿摇了摇头。"我想他也被海啸困住了,或者他可能逃走了。不过有一件事我可以肯定地告诉你——如果他够聪明,以后就再也不要接近我或我的人。"

"我也不会让他好看的!"米莉说着,用一只手轻快地拨开头发,尽可能装出一副勇敢的表情,"我真不知道我怎么会看上这个人。"

亚伦游过去,把我抱在怀里。"我们成功了!"他说,"我们真的做到了!"

肖娜和塞思害羞得笑了,他们仍牵着手。"你帮我们阻止了涅尔德。"肖娜说,"如果你没有和独角鲸一起回来,我们现在都会死——或者永远被困在山洞里。"

"你过奖了。"塞思谦虚地说,"我只是做了我该做的工作。"

尼普顿游向塞思,紧紧地拥抱着他。"你干得很出色。"他说,"谢谢,现在涅尔德走了,我想你需要一份新的工作。"

塞思耸了耸肩说:"我想也是的。"

"国王的护卫怎么样?"尼普顿笑着问,"现在有了一个空缺。"

塞思笑着问:"真的吗?"

尼普顿笑了:"真的!现在是你的了!"

"谢谢，陛下！"塞思笑着说，"我接受你的提议！"

"独角鲸怎么办？"我问，他就在我们中间游来游去。

"独角鲸要回家了，"尼普顿说，"他会和我在一起。"

我摸了摸口袋，拿出了水晶。"这是什么？我该怎么办？"

"留着吧。"尼普顿轻声说，"为了纪念我们让世界变得更和平的那一天，同时这也证明了你的勇敢和忠诚。"

我不知道该说什么——说什么都不重要了，因为我的喉咙都被泪水堵住了，什么也说不出来。"谢谢你！"我终于努力挤出了一句话。

尼普顿转身离开："来吧，我们回家吧。"

"等等！"米莉指着那座山说，"我以前见过这座山。"

我们转过身去望着那座山，眼前这座冰冷的山峰之前就是那满是泡沫的巨浪！现在，磅礴的瀑布沿着山峰的两边一直落入大海。这时我也意识到——我以前也见过它，或者我看到过它的倒影。"湖边的山！"我说，"就是那座我们在湖水的倒影里看到过，但在现实生活中并不存在的山！"

"它现在确实存在了。"亚伦说。

我想，这是注定要发生的，这就是涅尔德的命运。

"我不知道什么湖中的倒影，"米莉说，"但这就是我告诉过你的，我梦中的哭泣之山。"

"哭泣之山？"比斯顿先生问。

米莉指着瀑布，我望过去，意识到她说的是对的。阳光照在山上，细小的、舞动的彩虹照亮了它们。涅尔德的眼泪，落进了海里，渐渐消失了——就像他所有邪恶的计划一样。

"至少他实现了他的愿望，"尼普顿轻声说，"他可以永远守护着海洋了。"

我们都多待了一会儿，每个人都沉浸在自己的思绪中。我在想，我们得到了一个完全不同的结局。

我感到全身一阵寒战。我不能再想这些了——我不想再想这些了！是时候把一切抛在脑后了。

我摆了摆尾巴，在平静的、蓝色的海水中徜徉。"所以……"我说，慢慢地靠近亚伦，我们肩并肩地游着，太阳也在慢慢移动着。当我们一小队人向着回家的方向游去时，夜色也渐渐变得柔和了。

"所以……"亚伦说。

"所以你说想再做点什么，你以前做过一次的事……"

亚伦朝我笑了。"是吗？"他天真地问，"我真的不知道你在说什么。那是什么事呢？"

我扫了其他人一眼，确保没有人在看我们。比斯顿先生和米莉在前面的船上划着船。尼普顿和独角鲸在前面带路。肖娜和塞思跟在我们后面，一边游着，一边聊天、说笑。没有人朝我们这边看。老实说，此刻我并不在乎。

"我说的就是这个。"我停下来，用双手捧住亚伦的脸吻了他。

当我们分开来，呼吸着新鲜空气时，亚伦冲我笑了。"哦，是这个啊！"他紧紧地搂着我说，"谢谢你提醒我。"然后他绷起脸，投来坏坏的眼神。"问题是，我的记性很差，"他说，"我可能需要再被提醒一下，也许需要多提醒几次！"

我从他的怀里挣脱出来，握着他的手继续向前游去。"别担心，我不会让你忘记的！"我笑着说。此刻我心中涌动的是我所能感受到的最快乐的感觉。

肖娜和塞思追上我们时，面带微笑。

"你们两个在笑什么？"肖娜问。

"哦，你知道，"我说，"只是练习如何更好地记住事情。"

塞思轻轻点头，指了一下我们来的方向说："真的很重要，考虑到我们之前的经历。"

想到那个失去记忆的湖，我不禁浑身发抖。

"说得对，"亚伦说，"也许我们应该现在就开始练习。"

"嗯，"塞思严肃地说，他看着肖娜，"也许我们也应该练习？"

肖娜顽皮地推了塞思一把，转身向前游去。我也挣脱了亚伦的手，与肖娜一起游走。我们摆动尾巴，向亚伦和塞思的脸上泼水。

"如果你能抓住我们，你就可以！"肖娜一边泼水一边尖叫着，咯咯地笑着。

"你等着！"塞思回答说。

接下来的一天里，我们四个人游泳、赛跑、追逐，练习记忆。当午夜的太阳掠过天空，柔和的阳光洒进大海中的时候，我们已经有了许多新的记忆，以至于再也没有空间容纳那些旧的记忆了。

巨浪、邪恶的兄弟、被偷走的记忆，甚至是哭泣的山，这些再也不会打扰我们了。

与我们所拥有的一切相比，它们不过是沧海一粟。